»Der Zauber der ersten Liebe liegt darin, dass man sich nicht vorzustellen vermag, sie könnte jemals enden.«

- Benjamin Disraeli

Eni Lu

Mit *Seifenblasen* fliegen lernen

Bibliografische Information der Deutschen Nationalbibliothek:
Die Deutsche Nationalbibliothek verzeichnet diese Publikation in der Deutschen Nationalbibliografie; detaillierte bibliografische Daten sind im Internet über http://dnb.dnb.de abrufbar.

© 2017 Eni Lu

Lektorat/Korrektorat: Lenchen
Foto: Slobodan Kunevski/Shutterstock.com
Foto: Dmitry_Tsyetkov/Shotterstock.com
Foto: Ilya Chalyuk/Shutterstock.com
Cover: Photoshop CC

ISBN: 978-3-743190-39-9

Herstellung und Verlag:
BoD – Books on Demand, Norderstedt

Inhaltsverzeichnis

Wer braucht schon einen Rockstar?

Die Liebe ist ein seltsames Spiel…

Ja? Nein? Vielleicht?

Milli & Liam … für immer!

Ich komme nie mehr von dir los!

Fuck auf die Vergangenheit

Alles oder nichts!

Endlich wieder leben!

Er liebt mich, er liebt mich nicht…

Ach wie gut, dass niemand weiß…

Sekunden wie Stunden, Minuten wie Jahre!

Wie das Leben so spielt…

Freud und Leid

Glücklich steht uns gut!

Briefe, Träume, Seifenblasen

Ein kleiner Schritt zur Wahrheit

Flieger, grüß mir die Sonne!

Enttäuschung

Ich brauche einen Rockstar!

Alle lieben Milli!

Ein Jahr später…

Ein weiteres Jahr später…

Gerdis Liste

Danksagung

Über die Autorin

Leseprobe One-Way-Ticket – Solange du neben mir liegst

Wer braucht schon einen Rockstar?
Emilia

Ich hasse Beerdigungen und werde mich wohl nie daran gewöhnen, jemanden auf diese Weise zu verabschieden. Leider gehörte es zu meinem Alltag als Altenpflegerin, dass Menschen aus meinem Leben verschwinden. Menschen, die mir über Jahre hinweg ans Herz gewachsen sind. Menschen, die nicht mehr von ihren Familien besucht werden, da sie zur Last geworden sind. Menschen, die nicht mehr in der Lage dazu sind, sich um sich selbst zu kümmern. Menschen, denen ich jeden Tag Kekse mitbringe, an denen sie knabbern, als wären sie kleine Hamster, und deren Augen für diesen Moment so sehr strahlen. Meine verrückten Hamster, die mir jeden meiner Tage auf dieser ungerechten und gemeinen Welt verschönern. Warum diese Welt ungerecht und gemein ist? Der Grund, der mich zu dieser Annahme bringt, saß genau drei Reihen vor mir, auf der Beerdigung seines Opas und brachte mich durch seine bloße Anwesenheit zur Weißglut. Ja, ich weiß; es war die Beerdigung seines Opas und ich sollte etwas nachsichtig sein, aber das ist mir bei diesem ... diesem ... diesem *Arschloch* einfach nicht möglich.

Liam James Carter. 26 Jahre alt, Leadsänger und Gitarrist der berühmten Band *Outsiders*, begehrtester und heißester Junggeselle der

Welt und meine verdammte erste große Liebe. Und auch, wenn ich mich selbst dafür hasse; mein Herz klopft noch immer schneller, wenn ich ihn sehe. Was aber auch daran liegen könnte, dass mir der Hass zu Kopf gestiegen ist und sich die Mordgedanken auf mein Herz auswirken. Wie auch immer die Erklärung lautet, er hat mir mein Herz gebrochen. Hat es rausgerissen, es auf den Boden geschmissen und ist mit seinem sexy Hüftschwung darauf rumgetänzelt. Bei seinem rüpelhaften Benehmen, das man immer wieder in Zeitungsartikeln und Fernsehberichten sehen kann, hat er wahrscheinlich auch noch draufgespuckt. Oder Schlimmeres.

Wir kennen uns schon eine gefühlte Ewigkeit, denn er war mein direkter Nachbar. Fenster an Fenster haben wir unsere Kindheit und unsere Jugend verbracht. Als er drei Jahre alt war, zog er mit seiner Familie in das Haus seiner Großeltern. Vorher lebte er in Australien, denn von dort stammt sein Vater. Damals, als seine Mutter ein Auslandsstudium in Australien begann, war er ihr Sitznachbar, und es war Liebe auf den ersten Blick. Schon nach wenigen Monaten wurde sie schwanger. Nachdem beide das Studium abgeschlossen hatten, zogen sie nach Deutschland, da die Jobaussichten gut waren und Liams Großeltern ihn endlich kennenlernen sollten. Und an diesem Tag beginnt unsere Geschichte, denn unsere Mütter sind die besten Freundinnen, die man sich nur vorstellen kann. Die

Wiedersehensfreude war damals so groß, dass sie an dem Tag beschlossen, sich niemals wieder zu verlieren. Auch, dass sie Kinder im selben Alter hatten, schweißte sie noch mehr zusammen, denn ich bin nur zwei Monate jünger als Liam. So wurden wir im Kindesalter gezwungenermaßen zusammengeführt und daraus entstand eine knallharte Freundschaft. Auch, wenn wir uns am Anfang gegenseitig mit unseren Schüppen im Sandkasten verhauen haben, konnten wir irgendwann nicht mehr ohneeinander. Genauso hatten es unsere Eltern geplant, da war ich mir von Anfang an sicher. Alles haben wir miteinander unternommen und jeden Tag gab es für uns irgendetwas Neues zu entdecken. Die Welt stand uns offen, wir hätten alles zusammen meistern können, bis uns die Pubertät in die Quere kam und wir Gefühle füreinander entwickelten. Und nun saß ich hier, mit klopfendem Herzen und Tränen in den Augen, gerührt von der Beerdigung und dem Wissen, dass es nie wieder so sein wird, wie es war, und starrte auf seinen verdammt attraktiven Hinterkopf.

»Und nun bitte ich Emilia Engelhard zu mir nach vorne, die gerne noch ein paar Worte über unserem Verstorbenen sagen möchte.«

Zum wohlmöglich ungünstigsten Zeitpunkt wurde ich nach vorne gerufen, damit ich meine Rede halte, um die mich Elisa, Liams Oma, gebeten hatte. Denn ich war für Helmut immer die Enkelin, die er sich wünschte, und kümmerte mich in den letzten Jahren um ihn, als wäre er mein eigener Großvater. Ich zuckte bei der Nennung meines Namens unweigerlich zusammen und musste feststellen, dass es nicht nur mir so erging. Auch Liam zuckte kurz und spannte sich sichtbar an, denn wir hatten uns noch nicht gesehen. Als ich mit einigen Bewohnern aus dem Heim, die Helmut alle gut kannten, die Kirche betrat, saß er schon in der vordersten Reihe. Auch meine Eltern saßen dort, doch ich zog es vor, mich neben meinen Lieblingshamster Gerdi zu setzen. Eine 87-jährige Frau, die verrückter und lebensfroher nicht sein könnte.

»Emmi, Kindchen, du musst nach vorne!«, sie tätschelte meine Hand, so wie es nur Omas können und ich nahm all meinen Mut zusammen, stand auf, wischte mir die Tränen weg, die meine Augen schon verlassen hatten, und ging los. Vorbei an Heimbewohnern, Nachbarn, Freunden der Familie und an Liam, dem ich keinen Blick würdigte. Ich stellte mich hinter das Podium, legte mit zitternden Händen meine vorbereitete Rede ab, atmete tief durch und begann zu sprechen.

»Als Elisa mich bat, ein paar Worte über Helmut zu sagen, wusste ich zuerst nicht, über was ich reden sollte. Wie beschreibt man jemanden am besten, den man sein ganzes Leben lang kannte und immer als selbstverständlich betrachtet hat? Für mich war es selbstverständlich, dass er da war, für jeden, zu jeder Zeit. Es war selbstverständlich, dass er mir jeden Morgen aus dem Küchenfenster gewunken hat und mir, bis zuletzt, jeden Tag mit seinen Komplimenten die Schamesröte ins Gesicht trieb. Wie er mich jedes Mal zum Lachen brachte, wenn er ein Telefonat mit *‚Emmi, gut siehst du aus!'* begann. Zumal er immer nur anrief, wenn mein Hase in seinem Garten saß, um seine heiligen Blumen anzuknabbern. Ich kann mich noch gut daran erinnern, wie er mehrmals mit Messer und Gabel hinter ihm herlief, und mir dabei zurief, wie gut Hasenbraten doch schmecken würde.«

Alle lachten auf, denn sie wussten, dass Helmut immer für einen Spaß zu haben war. Auch ich musste bei dem Gedanken an früher schmunzeln, konnte mich jedoch kaum auf etwas konzentrieren, da ich genau spürte, dass *er* mich keine Sekunde aus den Augen ließ. Seine Blicke lösten etwas in mir aus, das ich nicht beschreiben konnte und auch vorher noch nie gefühlt hatte. Schnell fasste ich mich wieder und setzte meine Rede fort.

»Es war selbstverständlich für mich, dass ich zwei Mal in der Woche mit ihm einkaufen ging und er mir jedes Mal danach ein Eis kaufte; auch im Winter! Ob Tag oder Nacht, ich konnte ihm zu jeder Zeit mein Herz ausschütten, konnte ihm alles erzählen. Er war für mich der Großvater, den ich nie hatte und wenn er eins ganz sicher nicht war, dann selbstverständlich. Denn alles, was er tat, tat er mit so viel Liebe, so viel Begeisterung, dass es niemals als selbstverständlich angesehen werden sollte und ich wünschte, dass ich ihm genau das noch hätte sagen können. Er war ein großartiger Mensch, der ein ausgefülltes, glückliches Leben mit seiner großen Liebe führen durfte. Ich werde ihn schrecklich vermissen und hoffe, dass es einen extra Himmel für Hasen gibt, denn sonst hat Fluffy jetzt ein großes Problem!«, auch wenn meine Tränen liefen, konnte ich mir bei dem Gedanken ein Lachen nicht verkneifen. Auch Elisa und all die anderen stiegen mit ein und wir prusteten gemeinsam los.

»Er wird Fluffy in die Hölle schicken, da bin ich mir sicher!«, gleichzeitig lachend und weinend kam Elisa auf mich zu und nahm mich in den Arm, bedankte sich für die Rede und sagte mir, dass Helmut meine Ansprache geliebt hätte, wie er auch mich geliebt hat. Tief schluchzend umarmte ich sie fester und wollte zurück an meinen Platz, doch wurde von Liams Eltern aufgehalten.

»Emilia, das war wunderschön! Danke für deine Worte!«, seine Mutter nahm mich in den Arm, während sein Vater mir anerkennend auf den Rücken klopfte. Als ich mich freundlich von ihr löste, drehte ich mich um und hoffte, dass ich Liam nicht sehen würde. Doch als ich einen Schritt nach vorne ging, knallte ich fast gegen eine starke, breite Brust, die sich vor mir aufbaute. Wir waren uns so nah, dass mir sein Geruch die Sinne vernebelte. Er roch so unglaublich gut, nach Aftershave und einfach nur Liam. Obwohl ich ihn zehn Jahre nicht gerochen hatte, ich würde ihn unter Tausenden erkennen. Mein Blick heftete noch an seiner Brust, denn auch mit Absatzschuhen, die ich heute trug, reichte ich ihm lediglich bis unter sein Kinn.

»Milli, ich ...«, ich hob meine Hand und stoppte ihn.

»Nenn mich nicht so!«, ich schloss für einen kurzen Moment meine Augen, nahm noch einen tiefen Zug seines unglaublichen Duftes und wollte schnellen Schrittes an ihm vorbei. Es fiel mir unglaublich schwer, ihm nicht in sein Gesicht oder gar in seine Augen zu sehen. Ich konnte es nicht. Wollte es nicht. Und tat es doch ...

Die Liebe ist ein seltsames Spiel…

Liam

Die Nachricht, dass mein Opa aus Deutschland gestorben war, traf mich wie ein Schlag. Ich stand hinter der Bühne und bereitete mich auf die zweite Hälfte unseres Auftritts vor, als es mir beiläufig von unserem Manager erzählt wurde. Er sagte es, als wäre es nichts, doch für mich brach in diesem Moment eine Welt zusammen. Seit fast 6 Jahren hatte ich ihn nicht mehr gesehen, telefoniert haben wir zuletzt vor 7 Monaten. Ich war ein schlechter Enkel, ein schlechter Sohn, ein schlechter Mensch. Selbst meine Eltern hatte ich seit 4 Monaten weder gesehen, noch gehört, was ich natürlich immer auf den Stress schob, den so eine Tour mit sich bringt.

»Wer hat dir das gesagt? Woher weißt du das?«, ich stand auf und ging ruhigen Schrittes auf unseren Manager Eric zu, fast schon gefährlich langsam.

»Deine Mutter hat mehrmals versucht dich zu erreichen. Irgendwann ging mir das Geheule auf die Nerven, da habe ich gefragt, was los ist. Du sollst sie bei Gelegenheit mal anrufen. SO, UND JETZT ALLE WIEDER AUF DIE BÜHNE!«, völlig perplex stand ich neben ihm und verarbeitete seine Worte. Als mir klar wurde, was er da grade von sich gegeben hat, holte ich aus und schlug ihm meine Faust ins Gesicht. Er fiel sofort in sich zusammen und lag bewusstlos auf dem Boden, Blut strömte aus seiner Nase.

»Carter! Hast du sie noch alle?«, meine Bandkollegen Ethan, William und Cooper eilten zu mir und stellten sich neben mich, alle schauten auf Eric herab.

»Habt ihr das etwa nicht mitbekommen? Mein Opa ist gestorben und er hat nichts Besseres zu tun, als es mir beiläufig zu sagen und meine heulende Mutter mehrmals abzuwimmeln! Und jetzt soll ich auch noch auf die Bühne gehen und weitere 2 Stunden meine scheiß Show abziehen? Einfach so, als wäre nichts gewesen?«, zitternd und den scheiß Tränen verdammt nah, stand ich vor ihnen und hoffte auf ihre Zustimmung.

»Fuck, Carter. Das tut mir leid!«

»Ich habe ja schon mehrmals gesagt, lasst uns den Manager wechseln, aber hier hört ja kein Mensch auf mich! Mein Beileid, Bro!«

»Scheiß drauf! Mir ist die Lust auch vergangen! Ich werde mal zu dem Veranstalter gehen und die Sache klären.«

William eilte los, um den Auftritt zu beenden, Ethan kümmerte sich um den Wichser, der noch immer blutend und wimmernd auf dem Boden lag, und Cooper reichte mir ein Bier, das ich jetzt dringend brauchte.

»Jungs, ich bin gleich wieder da. Danke für euer Verständnis, ihr habt einen gut bei mir!«, ich schnappte mir mein Handy aus Erics Tasche und wählte die Nummer meiner Mutter.

»Bro, dasselbe würdest du auch für uns tun!«, Ethan drehte sich zu Cooper und sah ihn fragend an.

»Also, umbringen und vergraben oder aufhelfen und feuern?«, ohne die Antwort abzuwarten, verließ ich den Raum und wartete darauf, dass meine Mutter das Gespräch annahm.

»Carter.«
»Mum? Ist es wahr?«
»Oh mein Gott, Liam! Es tut so gut deine Stimme zu hören! Ja, leider ist es wahr.«
Das Schluchzen am anderen Ende der Leitung wurde lauter und auch bei mir stauten sich die Tränen.
»Fuck! Wie ... wann?«
»Schon heute Morgen, kurz nach dem Frühstück. Er ist einfach zusammengebrochen, die Ärzte vermuten einen Herzstillstand.«
»Wie geht es Oma?«
»Den Umständen entsprechend. Sie hat immerhin nach 51 Ehejahren ihre große Liebe verloren, das steckt man nicht einfach so weg.«
»So eine verdammte Scheiße! Ist sie jetzt etwa alleine?«
»Nein, die Engelhards sind bei ihr und wir fliegen morgen. Liam?«
»Ja?«
»Du solltest mitkommen! Oma hat nach dir gefragt und die Beerdigung ist schon in zwei Tagen! Kannst du das irgendwie einrichten?«
»Mum, wir sind mitten in der Tour! Die kann man nicht einfach so absagen!«

»Liam James Carter! Es geht hier um deine Familie!«

»Ich weiß, Mum. Ich verspreche dir, dass ich alles in meiner Macht Stehende versuchen werde, um mit euch zu kommen!«, ich sagte das nicht nur, um sie zu beruhigen, sondern meinte es ernst. Ich hätte es mir nie verzeihen können, mich nicht richtig von meinem Großvater verabschiedet zu haben.

»Danke, mein Schatz. Ich habe dich lieb!«

»Ich dich auch, Mum. Grüß Dad von mir. Ich melde mich später!«

»Ich verlasse mich auf dich!«, ein Klicken in der Leitung ließ mich wissen, dass sie aufgelegt hatte und genau in diesem Moment, löste sich die erste Träne.

***

Schon in der nächsten Nacht saß ich in einem Flieger, der mich nach Deutschland bringen sollte. Zwar hatte ich es nicht mehr geschafft, mit meinen Eltern zu fliegen, doch wenigstens kam ich so noch pünktlich zur Beerdigung. Ich stand in dem großen Bad der ersten Klasse und sah mich im Spiegel an. Meine Augenringe waren kaum zu übersehen, mein Dreitagebart, den ich sonst trug, wurde durch einen Siebentagebart ersetzt. Meine dunklen Haare lagen wie immer perfekt durcheinander. Schlechte Frisuren gab es bei mir nicht. Eines der positiven Dinge, die das Rockstarimage mit sich brachte. Die Frisur kann sitzen, wie sie will, es scheint immer perfekt und so gewollt zu sein. Nachdem ich mir kaltes Wasser ins Gesicht gespritzt hatte, um meine grünen Augen wenigstens etwas wach wirken zu lassen, ging ich zurück in meine Kabine und bestellte mir etwas zu essen. Ja, für weltberühmte Rockstars gab es auch nachts noch etwas zu essen. Egal wo. Egal wann. Egal wie. Serviert wurde das Ganze natürlich von einer wunderschönen Stewardess, deren Kleid viel zu kurz war, und die mich schon mit ihren Blicken auszog. Wenn ich auch sonst nicht ablehnen würde, heute war ich nicht in Fickstimmung. Seit feststand, dass ich nach Deutschland reise, bekam ich *sie* nicht mehr aus dem Kopf. Eigentlich bekam ich das nie. Ich würde sie wiedersehen, nach zehn verdammten Jahren. *Emilia Engelhard*. Meine Milli, meine Liebe, die mir mein verficktes Herz gebrochen hat.

***

»Liam! Mein wunderschöner Enkel! Sieh dich an, du bist ja riesig geworden!«, meine winzige, zerbrechliche Oma stand mit großen Augen vor mir und schlug sich die Hände vor den Mund.

»Auf den Fotos siehst du irgendwie immer kleiner aus! Und wie breit du bist! Du musst unglaublich stark sein!«, sie fasste an meine Arme und staunte nicht schlecht. Nicht umsonst wurde ich die letzten vier Jahre von Millionen Frauen zum ‚*Mister Body*' gewählt. Wenn ich nicht gerade auf der Bühne oder im Tonstudio stand, verbrachte ich die meiste Zeit im Fitnessstudio.

»Ich war auch schon so groß, als wir uns das letzte Mal sahen. Ich bin nur etwas breiter geworden. Vielleicht bist du ja seitdem geschrumpft, Omi?«, ich hob sie hoch und nahm sie in den Arm, was sie freudig aufschreien ließ. Als ich sie wieder absetzte, sah sie mir mit trauriger Miene in die Augen.

»Du bist deinem Großvater so ähnlich! Er hat dich über alles geliebt, das weißt du, oder?«

»Oma, ich ... ich war ein so schlechter Enkel. Ich hätte viel öfter da sein müssen. Es tut mir so unendlich leid.«

Während ich dagegen ankämpfte, wie ein kleiner Junge zu heulen, schluchzte meine Mutter hinter mir auf.

»Bub, du kannst die Vergangenheit nicht ändern, aber du kannst es in der Zukunft besser machen. Dein Opa wusste, wie sehr du ihn liebst. Mach dir bitte keine Vorwürfe.«

Wieder schlang sie ihren kleinen Körper um meinen Bauch und drückte mich fest, was ich nur erwidern konnte. Schon kurz nach meiner Ankunft bereiteten wir uns auf die Beerdigung vor und fuhren zur Trauerkapelle, in der sie stattfinden sollte. Ich setzte mich in die erste Reihe, direkt neben meine Eltern und hatte gemischte Gefühle, als sich Millis Eltern neben uns setzten. Denn sie war nicht da. So sehr ich sie auch hasste, für das, was sie mir angetan hatte, so sehr vermisste ich sie auch. Jeden verdammten Tag. Seit zehn Jahren.

Die Trauerfeier wurde mit viel Liebe gestaltet, doch ich bekam kaum etwas davon mit, da ich vollkommen in meinen Gedanken verloren war. Ich spürte sie. Sie musste hier sein. Ob ich mich einfach umdrehen sollte? Was, wenn ich ihr dann direkt in die Augen sah? Ich haderte mit mir, hatte mich fast dazu entschlossen, bis auf einmal ihr Name aufgerufen wurde. Ein Schauer zog durch meinen Körper und meine Muskeln verspannten sich. Jeden Moment sollte sie nach vorne treten, genau vor mich, und eine Rede über meinen Opa halten. Meine Atmung wurde schneller, meine Hände zitterten. Fuck! Was war nur los mit mir? Sie hat mir mein scheiß Herz gebrochen, und trotzdem klopfte es jetzt wie verrückt! Als sich hinter mir etwas regte, wusste ich, dass sie jeden Moment an mir vorbeigehen würde. Und plötzlich war es so weit. Ich konnte nicht hinsehen, aber ihr Duft, der im Vorbeirauschen meine Nase erreichte, rief in mir alle Erinnerungen hoch. Die weichen Haare, die blauen Augen, der rosarote, volle Kussmund, die warme, perfekte Haut, der zierliche Körper. Ich musste hinsehen. Mein Blick glitt nach oben und meine Augen weiteten sich, als ich die wahrlich schönste Frau, die ich je gesehen habe, vor mir sah. Wie ein Engel stand sie hinter dem Podium und sah mit traurigen Augen auf die Trauergäste. Ihre Haare fielen in langen Locken über ihre Schultern, die dunklen Augenbrauen waren leicht zusammengekniffen und ihre Lippen zu einem Strich geformt. Sie trug ein schwarzes, knielanges Kleid, das ihrer immer noch perfekten Figur schmeichelte. Als sie anfing zu sprechen, schlug mein Herz plötzlich noch schneller und meine Atmung ließ sich kaum

kontrollieren. Ich konnte meinen Blick nicht
mehr von ihr nehmen, war wie erstarrt von
ihrem Anblick. Die Worte, die ihren Mund
verließen, klangen so ehrlich, so nach *ihr*.
Schon immer sprach sie direkt aus dem
Herzen, nahm kein Blatt vor den Mund und
ließ ihren Gefühlen freien Lauf. Das ist eines
der vielen Dinge, die ich an ihr liebe. Liebte.
Fuck. Keine Ahnung.

  Nachdem sie die Rede beendet hatte, die
wirklich jeden berührte, wollte sie wieder
zurück an ihren Platz, doch wurde von meinen
Eltern aufgehalten. In meinem Kopf hämmerte
es, denn ich wusste nicht, was ich tun sollte.
Aufstehen und sie in den Arm nehmen?
Vorbeigehen lassen? Ein Bein stellen, damit
sie hinfällt? Okay … Letzteres würde ich nicht
machen. In der letzten Sekunde entschied ich
mich dazu, aufzustehen, und ihr meinen
Dank für einfach alles auszusprechen.
Immerhin war sie für ihn da, als ich es nicht
war. Als sie kurz vor mir zum Stehen kam,
wurden tatsächlich meine verdammten Knie
weich und mein Mund staubtrocken.

  »Milli, ich …«, gerade, als ich meine Sprache
gefunden hatte, unterbrach sie mich, indem
sie ihre Hand hob. Sie schaute mich nicht an,
ihr Kopf senkte sich und sie schloss ihre
Augen.

  »Nenn mich nicht so!«, sie zischte mir die
Worte regelrecht entgegen und setzte einen
Schritt zur Seite, um an mir vorbei zu
kommen. In dem Moment, als ich ihre Hand
nehmen wollte, denn ich konnte sie einfach
nicht gehen lassen, sah sie mich mit

tränenüberfluteten Augen an und mein Herz setzte für einen Schlag aus ...

Ja? Nein? Vielleicht?
Emilia

Frische Luft. Das Einzige, das in meinem Kopf noch einen Sinn ergab, waren diese zwei kleinen Worte. Zum Glück dauerte die Trauerfeier nur noch wenige Minuten und ich konnte endlich die Kapelle verlassen. Ich atmete tief durch, blendete kurz alles um mich herum aus und schüttelte die letzten Minuten von mir ab. Die letzten Minuten, in denen ich in diese unglaublich großen, grünen Augen sah, die mich innerhalb von Sekunden gepackt hatten und mir eine Gänsehaut vom Feinsten bescherten. Sein Blick, der mir wie ein Blitz durch den Körper zog. Wie ich zu meinem Platz eilte und mich setzte, den Tränen freien Lauf ließ. Ob er sich noch mal zu mir rumgedreht hatte? Ich konnte es nicht sagen, denn ich konnte nichts mehr sehen, außer seinen sorgenvollen, traurigen Augen und war froh, als ich endlich aufstehen konnte. Nun stand ich hier, mit einer alten Dame im Arm, und versuchte, alles aus meinem Kopf zu atmen.

»Kind, geht es dir nicht gut?«, Gerdi nahm meine Hand und schob sich mit der anderen ihre Brille auf die Nase, schaute mich mit ihren nun vergrößerten Augen an.

»Mach dir keine Sorgen, ich musste nur mal durchatmen.« Sie nickte mir wissend zu und sah in Liams Richtung.

»Das ist er, oder? Der Junge, von dem du schon so oft erzählt hast. Seinetwegen warst du eben am Weinen.«

Vollkommen überrumpelt sah ich sie an und schüttelte wild mit dem Kopf.

»Wegen ihm? Nein ... wie kommst du darauf? Ich war einfach nur ... ergriffen ... von ... meiner eigenen Rede!«

»Emmi, ich bin vielleicht alt und fast blind, aber ich bin nicht blöd! Als ihr euch eben angesehen habt, habe selbst ich die Luft anhalten müssen. Das ist die wahre Liebe und das ist auch euch eben bewusst geworden, habe ich recht?«, fassungslos über ihre direkte, ehrliche Antwort, starrte ich sie an und wusste nicht, was ich sagen sollte.

»Jetzt guck nicht so, mein Kind. Du liebst ihn noch immer. Das wusste ich schon, als du mir das erste Mal von ihm erzähltest!«

»Du weißt aber auch, dass er mir mein Herz gebrochen hat. Er wollte ein Leben ohne mich, jetzt hat er es und scheint damit sehr glücklich zu sein ...«, bevor ich weitersprechen konnte, kamen meine Eltern auf mich zu und nahmen mich in den Arm. Sagten mir, wie toll meine Ansprache war. Nachdem vor der Kapelle noch etwas geplaudert wurde, fuhren die Frauen aus unserem Dorf zum örtlichen Gemeinschaftshaus, in dem es Kaffee und Kuchen geben sollte. Für mich war es selbstverständlich, dass ich bei solchen Anlässen meine Hilfe anbot. Ich deckte also die großen Tafeln ein, kochte Kaffee und schmierte ein paar Brötchen. Der typische Streuselkuchen wurde von meiner Mutter geschnitten. Als die Trauergäste eintrafen, sah alles feierlich schön aus und die Stimmung hellte sich auf. Elisa bat alle darum, nicht um Helmuts Tod zu trauen, sondern sein Leben zu feiern und so wurde neben Kaffee, auch Bier serviert. Ich ging also zu den verschiedenen Tischen und nahm Getränkebestellungen auf, schenkte Kaffee aus und versuchte durchgehend, meinen Blick nicht zu Liam schweifen zu lassen, denn ich spürte, dass er mich keinen Moment aus den Augen ließ.

»Emmi, willst du dich nicht auch mal setzen und ein Stück Kuchen essen? Du rennst die ganze Zeit nur durch die Gegend!«, meine Mutter stand sorgenvoll vor mir und sah mich mit ihrem eindringlichen, befehlerischen Blick an.

»Ich muss nur noch zu dem Kindertisch, dann setze ich mich.«

»Nein, du setzt dich sofort. Ich übernehme das. Neben Liam ist auch noch ein Platz frei. Ihr habt euch doch so lange nicht gesehen, da gibt es bestimmt viel zu erzählen!«, da meine Mutter keine Ahnung davon hatte, was zwischen uns vorgefallen war, meinte sie es natürlich nur gut. Ich nickte ihr lächelnd zu und ging in die Richtung des Tisches, an dem meine Hamster saßen, und nahm neben Gerdi platz. Nachdem ich mir ein Stück Kuchen genommen hatte, hörte ich den Gesprächen am Tisch zu.

»Ich weiß ja nicht, was die jungen Leute heutzutage immer mit diesen Bemalungen auf der Haut haben. Das sieht doch fürchterlich aus.«

»Und es bleibt auch noch ein Leben lang. Das kann man nicht einfach so wegwischen!«

»Also ich finde ja, es passt zu ihm. Er macht doch diese Rockmusik, da gehört das wohl mit dazu!«

»Quatsch, so etwas gehört sich gar nicht! Er trägt ein Hemd und überall kommen diese schwarzen Zeichnungen hervor, das sollte verboten werden!«, natürlich mussten sie sich über *ihn* unterhalten, über *seine* Tattoos und *seine* Lebensweise. Nicht sehr höflich, dafür aber bitter nötig, äffte ich das Gerede nach und stopfte mir ein großes Stück Streuselkuchen in den Mund, als ich ein tiefes, melodisches Lachen vernahm. Ich sah in seine Richtung und stellte fest, dass sich Liam über meine Geste kaputtlachte. Auch ich prustete in diesem Moment los, denn einerseits war mir die Situation peinlich, andererseits war sein Lachen und dieser unbeschwerte Moment zwischen uns einfach ansteckend. Wir sahen uns weiterhin in die Augen, auch, als das Lachen langsam abnahm. Unsere Mienen wurden immer ernster und irgendwann sahen wir uns nur noch an. Traurig, sorgenvoll und hoffnungslos. Hoffnungslos verloren. Die Tränen brannten in meinen Augen und ich war froh, als sich drei Mädchen in unser Blickfeld schoben, die scheinbar ein Foto mit ihm wollten. Wissend tätschelte Gerdi meinen Rücken. Ich hatte oft das Gefühl, das diese Frau meine Gedanken lesen konnte. Nach einem kurzen Lächeln, das mir Gerdi schenkte, stand ich auf und brachte mein Gedeck in die Küche.

»Du solltest doch mal Pause machen! Und gegessen hast du auch kaum etwas! Was ist denn los mit dir?«

»Nichts ist los, Mama. Ich habe nur einfach keinen Hunger!«, ich verstaute alles in der Spülmaschine und ging hinter die Theke, um mich mit etwas Arbeit abzulenken.

Als ich gedankenverloren anfing, die gespülten Gläser abzutrocknen, schweifte mein Blick durch den Raum und blieb bei mehreren schwärmenden Mädels hängen, die zum Kindertisch schauten. Sie kicherten und wetteiferten grade darum, wen Liam verliebter angesehen hatte. Ich ließ meinen Blick dem ihren Folgen und sah zum Kindertisch. Liam saß dort mit mehreren kleinen Kindern und schrieb etwas auf, erklärte meinem kleinen Nachbarsjungen Tobi etwas. Der nickte daraufhin, steckte sich den Zettel ein und kam auf mich zu. Er setzte sich auf einen Barhocker, was ziemlich kompliziert war, denn dieser war genauso groß wie Tobi selbst. Als er endlich saß, sah er zu mir und winkte mich zu ihm rüber.

»Na, kleiner Mann. Möchtest du etwas trinken?«, er grinste mich mit seiner riesigen Zahnlücke an und schüttelte den Kopf, griff in seine Hosentasche und gab mir einen abgerissenen, gefalteten Zettel.

»Für dich. Du musst was drauf schreiben, sonst bekomme ich meine fünf Euro nicht!«, ich staunte nicht schlecht und faltete den Zettel auf.

Heute Abend, 21:00 Uhr, an unserem Felsen?
☐ Ja
☐ Nein
☐ Vielleicht

Er hatte es schon wieder getan. Früher gab es für uns kaum einen anderen Kommunikationsweg, als diese Briefchen. Wir hatten auch zwischenzeitlich mal ein Dosentelefon, das aber dank Liams Vater schnell durch Walkie-Talkies ersetzt wurde. Ich musste etwas schmunzeln, als ich an die Zeit zurückdachte. Ständig schrieb er mir diese Briefchen mit allen möglichen Fragen.
 Willst du heute ein Eis essen gehen?
 Sollen wir uns heute am Felsen treffen?
 Sollen wir heute Fahrrad fahren?
 Willst du bei mir übernachten?
 Ja, irgendwann kam sogar die Frage, ob ich mit ihm gehen möchte.
 Immer gab er mir drei Antwortmöglichkeiten vor, die ich aber meistens mit ‚ja' beantwortete, denn ich verbrachte meine Zeit genauso gerne mit ihm, wie er seine mit mir. Ob es jetzt immer noch so war? Ich wusste es nicht, aber ich wollte es rausfinden, also kreuzte ich die einzig richtige Antwort an und gab Tobi den gefalteten Zettel zurück ...

Milli & Liam ... für immer!
Liam

Ich saß zitternd und wartend an einem kleinen Tisch, meine Tattoos am Unterarm wurden von zwei kleinen Mädchen bunt angemalt und ich musste mir das ständige Getuschel der Teenietussen anhören, die darüber diskutierten, wen von ihnen ich heißer finden würde. *‚Keine von euch! Guckt euch um, hier gibt es nur eine, die so heiß ist, dass selbst Lava auf ihr verglühen würde!'*, hätte ich ihnen am liebsten zugebrüllt, doch in meinem Kopf gab es nur einen Gedanken. Was wird sie auf diesem scheiß Zettel ankreuzen? Wird sie überhaupt etwas ankreuzen? Oh Gott, ich machte mich so lächerlich, wie schon lange nicht mehr, doch mir fiel nichts Besseres ein. Als ich eben ihr Gesicht sah, wie sie die alten Menschen nachäffte, die den Blicken nach zu urteilen grade über mich sprachen, konnte ich einfach nicht mehr an mich halten und prustete los. Natürlich hörte sie es, stieg aber zu meiner Verwunderung mit ein. Dieser kurze Moment, das war meine Milli und auch, wenn ich es schon vorher gespürt hatte; ab diesem Moment konnte und wollte ich mich nicht mehr von ihr fernhalten. Hatte sie mir mein Herz gebrochen? Verdammt, ja! Hatte ich mir wegen ihr wochenlang die Augen ausgeheult? Und wie! Gab es in den letzten zehn Jahren nur einen Tag, an dem ich nicht an sie dachte? Fuck, nein! Jeden verdammten Tag war sie in meinem Kopf, und auch, wenn es manchmal nur Sekundenbruchteile waren, sie war da. Immer.

»Ich bekomme fünf Euro von dir!«, neben mir stand der kleine Junge, den ich beauftragt hatte, Milli meinen Zettel zu geben und streckte mir diesen entschlossen entgegen. Ich starrte ihn für wenige Sekunden fassungslos an und gab ihm den Schein, den ich schon bereitgelegt hatte. Als er ihn mir aus der Hand ziehen wollte, sah ich ihn eindringlich an.

»Und sie hat wirklich ein Kreuz gemacht? Das war immerhin der Deal!«

»Ganz sicher!«, er zog einmal fest an dem Schein und lief damit weg, den Zettel hielt ich zusammengefaltet in der Hand. Ob es ein schlechtes Zeichen war, dass er so schnell zurückkam? Ich atmete tief ein und öffnete den Brief.

Heute Abend, 21:00 Uhr, an unserem Felsen?
☒ Ja
☐ Nein
☐ Vielleicht

Erleichtert stieß ich die Luft aus und lächelte dämlich vor mich hin. Das war die richtige Antwort. Die Antwort, auf die ich verdammt noch mal gehofft hatte. Ich drehte mich um und schaute zur Theke. Sie lehnte an der Theke und polierte verträumt die Gläser, ihre Mundwinkel zuckten leicht nach oben. Wie konnte ein Mensch nur so unglaublich schön sein? Sie war schon immer eine wahre Erscheinung, aber in diesem Moment, war sie anbetungswürdig. Wie oft musste ich mich damals prügeln, damit all die anderen Kerle die Finger von ihr ließen. Denn sie gehörte schon immer mir. Mir allein. Wenn ich in den letzten Jahren nur daran dachte, wie sie von einem anderen Mann berührt, geküsst oder gar gefickt wird, hätte ich jedes Mal ausrasten können. Was ich auch oft genug tat. Aber was sollte ich daran ändern? Sie hat sich dazu entschieden, ein Leben ohne mich zu führen, obwohl sie mir kurz vorher noch schrieb, wie sehr sie mich lieben würde. Wollen würde. Vermissen würde. Und dann? Dann hörte ich nichts mehr von ihr und sie traf sich lieber mit ‚Marc'. Wenn ich den Namen schon höre. Ich habe mir geschworen, wenn ich jemals diesen ‚Marc' kennenlernen würde, ich ließ ihn keine zehn Sekunden auf seinen verdammten Beinen stehen. Ein rechter Haken, ein linker Haken und vielleicht noch eine Kopfnuss zum krönenden Abschluss. Ich musste aufhören darüber nachzudenken, denn meine Hände ballten sich zu Fäusten und die kleinen Mädchen, die mittlerweile meinen halben Unterarm vollgekritzelt hatten, sahen mich komisch an.

»Das sieht wirklich schei … schön bunt aus!«, ich lächelte ihnen zu und hoffte, dass die Farbe abwaschbar war. Immerhin sollte ich schon in zwei Tagen wieder auf der Bühne stehen, ohne bunte Arme.

Bis zum frühen Abend saßen wir zusammen und erzählten uns Geschichten über meinen

Großvater. Milli musste leider schon früher gehen, da sie die Leute aus dem Altenheim wieder nach Hause brachte. Wie ich später erfuhr, arbeitete sie auch dort. Ein Job, der wie für sie gemacht war. Was ich auch noch rausfand, war für mich jedoch interessanter. Meine Oma erzählte mir, dass Milli keinen Freund hat und sie auch noch nie einen Mann bei ihr gesehen hatte. Da sie noch immer bei ihren Eltern wohnte, die für sie das komplette Obergeschoss zu einer eigenen Wohnung umbauten, konnte sie es gut beobachten, wer ein und ausgeht. Jedoch konnte ich mir nicht vorstellen, dass niemand auf die Idee kam, dieses wunderschöne Wesen auszuführen; ihr den Himmel auf Erden zu bereiten. Der Gedanke daran, dass ich bisher der Einzige gewesen sein sollte, der von dieser unglaublich süßen Frucht naschen durfte, war zu schön, um wahr zu sein. Aber man durfte ja mal Träumen!

  Nachdem wir alles aufgeräumt hatten, gingen wir zurück zum Haus meiner Großeltern und meine Eltern hatten vor, die alten Fotoalben auszugraben. Vollkommen verstaubt lagen sie im Keller, wurden schon Ewigkeiten nicht mehr angesehen. Wir setzten uns gemeinsam an den Tisch und ich musste erstaunt feststellen, dass ich auf keinem Bild alleine zu sehen war. Milli war immer bei mir. Bei jedem Bild von uns, dass aufgedeckt wurde, bekam ich mehr Gänsehaut und in meinem Bauch begann es zu kribbeln. Sie war nicht nur *in* meinem Leben, sie war mein Leben!

»Mein Gott, schau doch, wie süß ihr wart!«, meine Großmutter nahm eines der Bilder raus und gab es mir. Milli und ich, auf der Wiese hinter unserem Haus, wie wir Seifenblasen in die Luft pusteten. Unsere Lieblingsbeschäftigung. Milli war absolut süchtig danach, wie sie flogen und zerplatzten. Ich konnte mich noch so gut an den Tag erinnern, denn es war der Tag unseres ersten Kusses. Wir waren beide sechs Jahre alt und ständig küssten sich alle um uns rum. Die älteren Kinder in der Schule, unsere Eltern, unsere Nachbarn. Selbst im Fernsehen küssten sich alle, und da ich schon immer ein kleiner Draufgänger war, wollte ich es natürlich auch ausprobieren. Und so sah ich meine Chance, als wir grade beim Eis essen waren. Denn dann war Milli immer in ihrer eigenen Welt, angelehnt an ihren Lieblingsbaum, die Augen vor Genuss geschlossen. Ich lehnte mich vor und gab ihr einen dicken Schmatzer, mitten auf den erdbeereisverschmierten Mund, mit meinem schokoladeneisverschmierten Mund. Sie riss die Augen auf und schaute mich fassungslos an, doch ich grinste nur über beide Ohren. *‚Du schmeckst so süß ... nach Erdbeeren!'*, sie leckte sich über die Lippen und lächelte mich an. *‚Und du schmeckst nach Schokolade!'*, wir lachten gemeinsam und machten weiter wie bisher, doch im Nachhinein glaube ich, dass ich schon damals Hals über Kopf in sie verschossen war.

Bei dem Gedanken daran musste ich so breit lächeln, dass meine Großmutter mich nur mit wissendem Blick begutachtete.

»Ist es Okay, wenn ich das Bild behalte?«, fragend, sah ich zu meiner Oma, doch sie packte sich theatralisch an die Brust und seufzte laut auf.

»Dann habe ich ja nur noch 3849 Bilder von euch!«, alle, inklusive mir, mussten lachen, denn sie hatte mehr Bilder von Milli und mir als von allen anderen zusammen.

»Danke dir, ich muss jetzt los!«, ich stand schneller auf, als ich es vorhatte, denn die Aufregung machte mich noch verrückt. Erschrocken sahen meine Eltern mich an.

»Wo willst du denn hin?«, doch ich antwortete nicht, sondern lächelte sie an.

»Kinder, das sieht doch ein Blinder! Er geht zu Emmi!«, verliebt sah meine Oma mich an. Niemand wusste, was damals vorgefallen war, aber das spielte in meinem Kopf keine Rolle mehr. Ich wollte nur noch zu ihr. Meiner Milli!

Als ich mich auf den Weg zu unserem Felsen machte, der mitten in einem Waldstück in unserer Nähe lag, war mein Kopf wie leer gefegt. Ich hatte nur mein Ziel vor Augen und das hatte ich schon nach zehn Minuten erreicht. Ich setzte mich auf den großen Felsen und strich über unsere selbst gemachte Gravierung.

Milli & Liam
für immer

Einen ganzen Tag hatte ich damals gebraucht, um es in den Stein zu meißeln, aber die Überraschung war gelungen. Ich legte unser Foto darüber ab und wartete ungeduldig. Nur wenige Minuten später spürte ich ihre Anwesenheit, genau wie in der Kapelle. Ich musste sofort Lächeln, denn das scheiß Kribbeln ließ nicht nach; verstärkte sich, je näher sie kam. Wortlos setzte sie sich neben mich, schaute auf die Gravur und nahm unser Bild in ihre Hand. Lange Zeit sah sie es sich an, ihre Miene wurde dabei immer trauriger, was mein Herz immer schwerer werden ließ. Als sich die erste Träne in ihrem Augenwinkel löste, wollte ich sie berühren; das erste Mal nach zehn langen Jahren einfach ihre Wärme spüren, doch, noch bevor ich ihre Schulter berührte, schreckte sie hoch und lief davon. Fassungslos schaute ich ihr hinterher und verstand nichts. Sollte das schon meine Chance gewesen sein? Niemals. Als mein Verstand nicht mehr eingefroren war und ich wieder halbwegs frei denken konnte, lief ich ihr hinterher.

»Milli, warte ...!«, ich war knapp hinter ihr, als sie sich ganz plötzlich, mit erhobenem Zeigefinger zu mir umdrehte. Tränen liefen ihre Wange hinab und ich wollte sie einfach nur in meinen Arm nehmen, beschützen, vor Allem und Jedem.

»NEIN! Du lässt mich eh wieder im Stich!«, sie drehte sich um und lief weiter. Geschockt über ihre Worte, konnte ich mich keinen Millimeter bewegen, denn die Erinnerungen trafen mich wie ein Blitz.

Zehn Jahre zuvor ...

»Bitte, Liam, lass mich nicht im Stich!«, Milli hatte ihren Kopf auf meinem Schoß abgelegt, weinte ununterbrochen, und auch mir liefen die Tränen die Wangen herab. Meine Eltern hatten mir kurz zuvor offenbart, dass wir zurück nach Australien müssen, und zwar sofort. Meine Großmutter war schwer krank und brauchte jemanden, der sich um sie kümmert. Zudem konnte mein Vater in das Familienunternehmen meines Onkels einsteigen, was uns ziemlich viel Geld einbrachte. Aber ich wollte nicht weg. Ich wollte bei meiner großen Liebe bleiben, die ich doch grade erst für mich gewinnen konnte.

»Das will ich auch nicht, Milli! Meine Eltern haben mir versprochen, dass ich wiederkommen und dann bei Oma und Opa wohnen kann, wenn es mir in Australien nicht gefällt. Drei Monate haben sie gesagt! Länger müssen wir es nicht aushalten, dann bin ich wieder bei dir!«, ich zog sie zu mir hoch und küsste sie, setzte sie danach seitlich auf meinen Schoß.

»Egal, wie es da unten ist, ich komme wieder. Denn du bist hier und du bist das Einzige, was zählt! Aber die drei Monate musste ich meinen Eltern versprechen.«

»Versprichst du mir auch etwas?«

»Alles!«

»Komm wieder!«, sie nahm mein Gesicht in beide Hände und gab mir einen so intensiven, leidenschaftlichen Kuss, für den es sich alleine schon lohnte, wiederzukommen.

»Ich verspreche es dir! Außerdem können wir uns schreiben. Die Zustellung dauert zwar ungefähr sieben Tage, aber so hören wir was voneinander. Drei Monate, Engel, danach kann uns nichts mehr trennen!«
»Milli und Liam für immer?«
»Milli und Liam ... für immer«

Mit gemischten Gefühlen kam ich bei meiner Oma an und ging sofort auf mein altes Zimmer. Viel hatte sich nicht verändert, selbst meine ganzen Sport- und Musikpokale standen noch an Ort und Stelle. Schon damals sagten mir die Leute, ich sei ein Ausnahmetalent im Umgang mit der Gitarre. Ein verdammtes Naturtalent. Für mich war es immer nur ein Hobby, das ich durch einen ziemlich glücklichen Zufall zum Beruf machen konnte. Jetzt war ich reich, berühmt, begehrt ... und absolut sauer! Oder traurig. Oder enttäuscht. Vielleicht auch alles auf einmal. Ich lasse sie eh wieder nur im Stich? ICH? SIE? Klar, ich bin damals gegangen. Aber ich musste! Und wenn sie mir zurückgeschrieben und sich nicht sofort den ‚tollen Marc' geschnappt hätte, wäre ich zu ihr gekommen. Bei ihr geblieben. Für immer. Aber sie wollte mich nicht mehr. Ich ging zum Fenster und schaute nach draußen, hatte ihr Fenster genau vor den Augen. Alles war dunkel, doch vielleicht war es nicht mehr ihr Schlafzimmer. Immerhin hatten sie die ganze Etage umgebaut. Ich zog die Vorhänge zu und warf mich auf mein Bett, versuchte, mir keine Gedanken mehr zu machen. Denn schon morgen früh hieß es ‚*tschüss Deutschland! Hallo Australien!*' und ich konnte wieder zurück in mein altes Leben. Ein Leben ohne Milli ...

Ich komme nie mehr von dir los!
Emilia

Das war ein Fehler. Ein großer Fehler. Warum musste ich unbedingt ‚ja' ankreuzen? Verdammt nervös und hibbelig ging ich in meiner Wohnung auf und ab. Mir blieb nicht mehr viel Zeit, um zu entscheiden, ob ich diesen Weg antrete. Den Weg zu unserem Felsen. Jahrelang bin ich nicht mehr dort gewesen, konnte den Anblick nicht ertragen, denn jedes Mal sah ich uns dort sitzen. Spielend, lachend, glücklich, verliebt. Das letzte Mal saß ich dort nach dem einen Anruf, der mein Leben veränderte ...

Zehn Jahre zuvor ...

»Hallo, hier ist Emmi! Ist Liam da?«, aufgeregt, da ich eigentlich nicht in Australien anrufen durfte, saß ich in meinem Schrank und hoffte, dass mich niemand erwischen würde. Das war schon das dritte Mal, dass ich so den Kontakt zu ihm suchte, denn er hatte mir nicht auf meinen letzten Brief geantwortet und die Frist von drei Monaten war schon fast vorüber.
»Hallo, Emmi. Haben dir deine Eltern erlaubt hier anzurufen?«
»Ehm ... ja, aber nur ganz kurz!«
»Okay, dann ist ja gut. Leider ist Liam nicht da, er verbringt momentan jede freie Minute im Tonstudio. Der Produzent sagt, aus ihm wird

mal ein richtiger Star! Aber das weißt du ja sicherlich schon.«

»Ja, klar ...«, nichts wusste ich davon, denn ich hatte seit vier Wochen nichts von ihm gehört. In diesem Moment wurde mir klar, warum ich nichts gehört hatte. Er begann ein neues Leben. Ohne mich. Er hatte sich entschieden. Gegen mich.

»Soll ich ihm etwas ausrichten?«

»Nein, schon Okay ... ich ... wollte ihm nur gratulieren und rufe einfach später noch mal an.«

»Frag aber bitte vorher deine Eltern und grüß sie von mir!«

»Mache ich!«, ohne ein weiteres Wort zu verlieren, drückte ich den roten Knopf und schmiss das Telefon von mir weg. Ich konnte nicht mehr atmen, hielt mir die Hand an die Brust, die so extrem schmerzte, als hätte mir jemand ein Messer reingesteckt. Er hatte mich vergessen, zog ein Leben in Australien vor. Nach gefühlten Stunden, in denen ich mich nicht bewegt hatte, stand ich auf und rannte nach draußen. Ich rannte einfach drauflos, ohne Ziel, aber landete, wie von selbst, an unserem Felsen. Ich legte mich darauf und fing bitterlich an zu weinen, zu schreien, zu fluchen und wusste, dass dieser Schmerz nie aufhören wird.

Heute, nach so vielen Jahren, wusste ich es wirklich. Der Schmerz hört nie auf. Wie eine Marionette, die durch eine andere Hand geführt wurde, nahm ich meine Jacke und ging los. Ich hatte das Ziel nicht vor Augen, aber meine Beine trugen mich von ganz alleine zu ihm. Wie an diesem einen Tag vor zehn Jahren. Ich wusste nicht, was ich mit ihm machen würde. Anschreien? Schlagen? Umarmen? Küssen? Was wollte ich? Keine Ahnung. Als ich den Felsen fast erreicht hatte, stellte ich fest, dass er schon dort war. Ich setzte mich neben ihn und wusste nicht, was ich sagen sollte; sah nur auf das Bild, das er über unsere Gravur gelegt hatte. Ein Bild, auf dem noch alles gut war. Bei der Erinnerung an diesen Tag musste ich kurz schmunzeln. Unser erster Kuss. Der Erdbeer-Schokoladen-Kuss, den ich heute noch auf meiner Zunge schmecken kann. In meinem Körper begann es zu kribbeln und ich erinnerte mich an den Tag, an dem ich dieses Kribbeln zuletzt gespürt hatte. Es war auf diesem Felsen, als er mir sagte, dass er zurück nach Australien müsste. Es war dieser eine Kuss, der mir das Kribbeln bereitete. Denn er sagte mir, dass er wiederkommen würde. Er versprach mir, mich nicht im Stich zu lassen. Tränen der Trauer und Wut stauten sich in meinen Augen, denn er hatte sein Versprechen gebrochen. Als er seinen Arm hob, um mich zu berühren, stand ich so schnell wie möglich auf und entfernte mich von ihm. Denn auch, wenn er mich noch nicht berührte; es fühlte sich an wie tausend Nadelstiche. Ich rannte also los und wollte mich nicht mehr zu ihm rumdrehen, doch ich merkte, dass er mich schon fast eingeholt hatte. Bevor er mich berühren konnte, denn ich wusste nicht, wie mein Körper darauf reagiert, drehte ich mich zu ihm um und sagte ihm das, was ihn hoffentlich davon abhalten würde, mir weiterhin zu folgen.

»NEIN! Du lässt mich eh wieder im Stich!«

Seine Augen wurden riesig, sein Mund öffnete sich leicht und sein Körper spannte sich an. Noch bevor ich durch seinen verletzten, traurigen Blick weich werden konnte, lief ich weiter und machte erst halt, als ich in meinem Schlafzimmer ankam. Ich ließ mich auf mein Bett fallen und konnte die Tränen nicht mehr zurückhalten. Wie konnte ich ihn nur wieder so nah an mich ranlassen? Das alles war ein großer Fehler, den ich mir selbst zu verschulden hatte. Ich hätte *‚nein'* ankreuzen können. Als ich nach oben blickte, weil in Liams Zimmer das Licht angeschaltet wurde, sah ich ihn. Er stand mitten im Raum und wirkte vollkommen hilflos und irgendwie ... sauer. Ich beobachtete ihn weiter, konnte meine Augen nicht von ihm nehmen. Als er zum Fenster ging und in mein Schlafzimmer schaute, dachte ich erst, dass er mich gesehen hatte. Doch er sah nur traurig ins Leere und seufzte, zog dann die Vorhänge zu und ich konnte mich wieder, in aller Ruhe, in den Schlaf weinen.

»Kind, du siehst ja gar nicht gut aus. Bist du krank?«, ich saß, wie jeden Morgen, in Gerdis Zimmer und trank einen Kaffee. Die ganze Nacht hatte ich kein Auge zu bekommen, hatte immer nur seinen Blick im Kopf.

»Ich habe heute Nacht nicht viel Schlaf bekommen.«

»Lag es an dem knackigen, jungen Mann?«, sie zwinkerte mir zu und nahm sich einen der Kekse, die ich mitgebracht hatte.

»Leider ja, aber nicht so, wie du es dir vorstellst!«, traurig sah ich ihr entgegen und meine Augen füllten sich wieder mit Tränen. Sofort stand sie auf und umarmte mich, was nur dazu führte, dass die Tränen meine Augen verließen. Ich erzählte ihr sofort alles, was am gestrigen Tag passiert war und ließ kein Detail und kein Gefühl aus.

»Ach, Emmi! Du hast nie aufgehört, ihn zu lieben, nicht wahr?«, ich schüttelte den Kopf und sie nahm mich sofort noch fester in den Arm. Noch bevor wir weiterreden konnten, ertönte Gerdis große Standuhr und ich musste den Arbeitstag antreten.

»Ich muss jetzt los.« Ich wischte mir die Tränen von den Wangen und atmete tief durch.

»Emmi? Tust du mir noch einen Gefallen?«
»Jeden!«
»Gib *ihn* nicht auf!«, traurig lächelte sie mir entgegen und ich lächelte genauso zurück.

Am Nachmittag ging ich, wie gewohnt, zu Frau Schnellenbach, der ich bei ihren Dehnübungen helfen musste. Wie immer ertönte aus dem Radio *Connie Francis*, denn sie verehrte diese Frau. Auch ich mochte ihre Musik und konnte, dank Frau Schnellenbach, jedes Lied fehlerfrei mitsingen. Als das Lied wechselte und die ersten Töne von ‚*ich komme nie mehr von dir los*' ertönten, begann ich verträumt mitzusingen.

»Ich will mich immer wehren, weil's so nicht weitergeht, doch mein Herz will nicht mehr hören, denn es ist schon viel zu spät.« Schon wieder sammelten sich Tränen in meinen Augen. Verdammt noch mal, warum ging mir heute alles so nah?

»Was ich denk' und was ich tu, immerzu, es gibt nur einen, und das bist du. Denn meine Liebe, die ist grenzenlos, ich komm' nie mehr von dir los!«, auch, wenn das Lied vor Jahrzehnten geschrieben wurde, sie hatte ja so recht. Ich werde nie von ihm loskommen.

Nach Feierabend fuhr ich so schnell nach Hause, wie es mir möglich war, denn ich wollte Gerdi den Gefallen tun und ihn nicht aufgeben. Mir seine Geschichte anhören. Ich musste einfach wissen, warum er mich damals verlassen und im Stich gelassen hatte. Ich parkte vor unserer Garage, stieg aus und rannte nicht zu unserer, sondern zu *seiner* Haustür und klingelte aufgeregt. Elisa öffnete mir die Tür und strahlte mir entgegen.

»Emmi, meine Liebste! Wie kann ich dir helfen?«

»Hallo, Elisa. Ich muss unbedingt mit Liam sprechen! Ist er da?«

»Oh, wusstest du das denn nicht? Er ist heute Morgen wieder abgereist, da er nicht alle Auftritte absagen konnte. Ich dachte, ihr hättet euch gestern schon verabschiedet, wir haben ihn den ganzen Abend nicht gesehen und heute Morgen war er kaum ansprechbar. Er sah so traurig aus!«, fassungslos stand ich vor ihr und hatte verdammt wieder Tränen in den Augen. Er war weg. Ich stolperte zurück und die erste Träne verließ meine Augen, von ganz alleine bewegten sich meine Beine und trugen mich zu unserem Felsen ...

Fuck auf die Vergangenheit
Liam

Was eine beschissene Nacht! Was ich auch versuchte, ich bekam kein Auge zu. Jedes Mal, wenn ich sie schließen wollte, sah ich Milli vor mir. Die großen Augen tränenüberflutet, der Blick traurig und vorwurfsvoll. Hätte ich sie doch nur anfassen können, sie in den Arm nehmen können, dann wäre alles anders ausgegangen, da bin ich mir sicher. Denn so war es schon immer. Egal wie aufgeregt, sauer, traurig oder am Ende wir waren; wenn wir uns berührten, hielt die Welt an und alles war gut. Vielleicht hätte ich so erfahren, warum sie scheinbar mir die Schuld an allem gibt. Immerhin hat sie den Briefkontakt abgebrochen und war jedes verdammte Mal bei ‚*Marc*‘, wenn ich meinen Eltern das Telefon klauen konnte, um sie anzurufen. Telefonkontakt war nämlich wegen der hohen Kosten strengstens untersagt. Die einzige Ablenkung fand ich darin, im Tonstudio meine Songs aufzunehmen. Alle sagten mir, das aus mir ein richtiger Star wird, was auch schneller passierte, als gedacht. Aber ganz ehrlich? Ich hätte alles hingeschmissen; meine Karriere, mein Talent, mein Image, denn, was ist schon eine Zukunft ohne sie?

»Guten Morgen, Sonnenschein! Welche Laus ist dir denn über den Rücken gelaufen?«, meine Großmutter gab mir einen Schmatzer auf die Wange und schenkte mir einen Kaffee aus, als ich mich an den Frühstückstisch zu meinen Eltern setzte.

»Keine, ich habe nur nicht viel geschlafen!«, gekonnt ignorierte ich die Blicke, denn sie dachten natürlich an etwas Anderes. Ich klärte sie nicht eines Besseren auf, denn ich hatte absolut keine Lust auf Diskussionen. Meine Oma setzte sich neben mich und nahm meine Hand.

»Bub, ihr seid füreinander geschaffen und ich bin mir sicher, dass ihr einen Weg finden werdet!«, ich atmete tief durch und konzertierte mich auf das gekochte Ei, das genau vor mir stand, um nicht loszuheulen. Sie hatte ja so verdammt recht, aber wir werden wohl nie einen Weg finden.

Die Verabschiedung fiel uns allen schwerer als gedacht, denn ich hatte keine Ahnung, wann ich das nächste Mal die Zeit für einen Besuch finden würde. Auch, dass Milli auf der Arbeit war und ich sie nicht noch einmal sehen konnte, setzte mir schwer zu. Im Flugzeug angekommen, machte ich es mir sofort in meiner Schlafkabine der ersten Klasse gemütlich und bestellte einen doppelten Whiskey, den ich unbedingt brauchte. Die Uhrzeit war mir dabei völlig egal. Serviert wurde das goldene Getränk von einer großen, vollbusigen Blondine, die mich sofort erkannte und deren Blick alles sagend war. Sie wollte mich, wie jede verdammte Frau auf dieser Welt. Jede Frau wünschte sich, dass ich die Texte meiner Songs nur für sie schreiben würde. Dabei schrieb ich sie alle nur für Milli. Ob sie sich meine Musik anhört? Ob sie weiß, dass ich insgeheim jedes verdammte Lied nur ihr gewidmet habe? Fuck, ich dachte schon wieder nur an sie.

»Wie heißt du?«

»Ehm ... Mo ... Monique!«, auch ein ganz normales Vorkommen. Die Frauen in meiner Umgebung vergaßen sogar ihre Namen, weil ich ihnen meistens die Sprache raubte. Absolut abturnend. Doch das musste mir jetzt egal sein, denn ich hatte nur eine Mission; Milli und unsere Vergangenheit vergessen! Wie sollte das besser funktionieren, als mit jemandem, der das genaue Gegenteil war? Dumm, blond und schwach.

»Wie auch immer. Du willst *ihn*, oder?«, ich zeigte mit beiden Zeigefingern in meinen Schritt und lächelte ihr schief entgegen, denn ich wusste, dass mir dann sowieso keine Frau mehr widerstehen konnte. Sie nickte dümmlich, worauf ich nur die Augen verdrehen konnte. Ich zog sie in meine Kabine, verschloss die Tür hinter ihr und drückte sie vor mir auf die Knie.

»Aufmachen!«, bestimmend brachte ich sie dazu, meine Hose zu öffnen, was sie auch sofort in die Tat umsetzte. Sie nahm meinen noch vollkommen schlaffen Schwanz in die Hand und fing an ihn zu massieren. Nichts regte sich. Ich packte sie in den Haaren und sah sie eindringlich an.

»Tja, so wird das nichts! Was wirst du jetzt tun?«, absolut nuttig und unerotisch, leckte

sie sich über ihre schmalen Lippen und positionierte sich vor meinem Schwanz.
»Ich werde dir jetzt zeigen, wie man fliegt!«
FUCK!

Achtzehn Jahre zuvor ...

»Milli, nicht so schnell, sonst stolperst du noch!«, wenn Milli hinter ihren Seifenblasen herrannte, war sie kaum aufzuhalten. Wir waren schon mitten in dem Wald, in den wir eigentlich nicht alleine durften.
»Milli, lass uns zurückgehen. Wir bekommen bestimmt Ärger!«, als sie plötzlich stoppte, knallte ich fast gegen sie und ließ vor Schreck meine Seifenblasen fallen.
»Liam, schau! Der große Felsen!«, sie rannte weiter und kletterte auf den riesigen Felsen, der von der Sonne, die durch die Bäume schien, angestrahlt wurde.
»Wow! Der ist ja total groß!«, ich hob meine Seifenblasen auf und kletterte neben sie.
»Der ist wie für uns gemacht! Das ist jetzt unser Felsen! Guck doch, wie schön die Seifenblasen von hier steigen!«, sie pustete kräftig und hatte recht; durch den Wind, der von unten blies, stiegen die Seifenblasen blitzschnell in die Höhe. Beide saßen wir da, pusteten Seifenblasen in die Luft und staunten über die Schönheit. Denn sie glänzten wunderschön, wenn sie von der Sonne angestrahlt wurden. Nach mehreren Minuten stand Milli auf, stellte sich an die Stelle, von der die Seifenblasen am höchsten stiegen, und durchbrach die Stille.

*»Ich wünschte, ich könnte auch fliegen!«,
traurig schaute sie nach oben.*
»Wenn du nur ganz fest daran glaubst, dann kannst du es. Das verspreche ich dir!«
»Du meinst, dann kann ich mit den Seifenblasen zusammen fliegen?«
»Bestimmt! Du wirst es lernen, denn die Seifenblasen bringen es dir bei!«, ich pustete so viele Seifenblasen in die Luft, wie es mir nur möglich war. In diesem Moment schloss Milli ihre Augen, sprang in die Luft und dreht sich im Kreis. Tanzte mit den steigenden Seifenblasen, als könnte sie mit ihnen fliegen. Und in diesem Moment sah es für mich so aus, als könnte sie es wirklich ...

Die Erinnerung traf mich härter als gedacht. Als ich wieder klar denken konnte, realisierte ich, das Monika, oder wie auch immer sie hieß, meinen schlaffen Schwanz in ihrem Mund hatte. Sie gab sich scheinbar Mühe, doch sie hätte es nie schaffen können. Außerdem fühlte es sich falsch an. Viel zu falsch.

»Hör auf!«, von unten sah sie mich an und ich empfand nichts als Ekel.

»Ich schaffe das schon, lehn dich nach hinten und genieße es!«, sie nahm ihn wieder in den Mund und stöhnte dabei künstlich. Ich packte fest in ihr Haar, zog ihren Kopf zurück und spuckte ihr die nächsten Worte entgegen.

»HÖR.AUF.UND.VERPISS.DICH!«

Ängstlich sah sie zu mir hoch und schluckte hart, verstand aber, dass sie nicht mehr erwünscht war und eilte davon. Ich schloss meine Hose und rieb mir die vor Tränen brennenden Augen. Ich werde sie niemals vergessen können.

***

»Carter! Du siehst ja richtig beschissen aus!«, Ethan, mein Bandkollege, Mitbewohner und bester Freund öffnete mir die Tür und schlug mir zur Begrüßung fest auf die Schulter.
»Ich war ja auch auf einer verdammten Beerdigung, du Idiot!«, ich schubste ihn zur Seite und ging an unser Heiligstes; einen großen Schrank, gefüllt mit unzähligen Sorten Whiskey! Ich nahm mir eine Flasche raus und wollte in mein Zimmer, denn der Schlafmangel machte mir zu schaffen.
»Scheiße, Bro. Du siehst aus, als wärst du auf deiner eigenen Beerdigung gewesen. Es liegt an *ihr*, oder?«, ich stoppte in meiner Bewegung und ballte die Hände zu Fäusten. Schon oft habe ich ihm von ihr erzählt, erst recht, wenn ich betrunken war, konnte ich meist meine Gefühle nicht verbergen und plapperte drauf los. Ich ließ mich auf unser Sofa fallen und nahm einen großen Schluck Whiskey, gab die Flasche an Ethan weiter und auch er nahm einen Schluck. Dann begann ich zu erzählen. Jedes verdammte Detail. Von unserer ersten Begegnung in der Kapelle, dem unglaublich schönen Lachen, das wir teilten und auch von unserer Begegnung auf dem Felsen.

»Fuck! Ich wusste ja schon von Anfang an, dass du sie noch liebst, aber dass es so extrem ist, hätte ich nicht gedacht!«

»Ich liebe sie nicht! Ich *habe* sie geliebt!«

»Das glaubst du doch wohl selbst nicht, oder? Seit verdammten zehn Jahren geht sie dir nicht aus deinem Kopf, du heulst mir, sobald du besoffen bist, jedes Mal was vor und es gab schon mehrere Nächte, in denen du ihren Namen gerufen hast! Außerdem schwärmst du grade von ihr, als wäre sie eine verkackte Göttin!«

»Das ist sie ja auch! Fuck, Ethan, was soll ich nur tun?«, ich vergrub mein Gesicht in beide Hände und rieb mir die müden Augen.

»Und sie hat wirklich so getan, als wäre es deine Schuld?«

»Ja, verdammt! Und ich glaube auch nicht, dass sie nur so getan hat. Wenn du ihre Augen, ihren Blick, ihre Körpersprache dabei hättest sehen können, dann wüsstest du, dass sie nicht lügt. Irgendwas muss passiert sein.«

»Warum hast du sie nicht einfach gefragt?«, ich nahm ihm die Flasche wieder ab und zog sie in einem Zug leer.

»Bro, wir haben später noch einen Gig! Spinnst du?«, ich schleuderte die leere Flasche gegen die Wand, sodass sie in Tausend Teile zersprang.

»Ob ich spinne? Ja, vielleicht tue ich das! Du fragst dich, warum ich sie nicht einfach gefragt habe? Weil ich verdammt noch mal nicht konnte! Als ich das realisiert hatte, war sie schon lange auf der Arbeit und ich musste den scheiß Flieger bekommen!«, ich sprang auf, prügelte wütend auf unseren Boxsack ein und schrie mir dabei die Seele aus dem Leib. Nach mehreren Minuten brach ich müde, verzweifelt und heulend zusammen. Ethan hob mich hoch, stütze mich und brachte mich in mein Zimmer.

»Was ist nur passiert? Warum hasst sie mich so? Und warum kann ich sie nicht mehr hassen?«

»Denk jetzt nicht mehr darüber nach. Schlaf lieber noch kurz deinen Rausch aus, wir müssen in spätestens zwei Stunden los!«

Dank des Alkohols und der kleinen Sporteinlage driftete ich schnell ab und träumte von einem Leben mit Milli.

***

»Alter! Ist er tot?«
»Keine Ahnung. Atmet er noch?«
»Ich glaube schon!«
»Geht mal aus dem Weg, ich habe eine Idee!«
Ich schreckte panisch nach oben, denn mir wurde plötzlich eiskalt. Als ich mich umsah, wusste ich auch, warum. Cooper stand vor mir, bewaffnet mit einem Eimer, aus dem er mehrere Liter kaltes Wasser auf mich geschüttet hatte.

»Willst du mich verarschen? Was soll die Scheiße?«, doch ohne mich großartig zu beachten, packten mich Ethan, Cooper und William an Armen und Beinen und trugen mich ins Bad.

»Du gehst jetzt Duschen! Du bist noch immer total besoffen und in einer halben Stunde müssen wir los! Schaffst du es, dich alleine auszuziehen oder sollen wir dir dabei auch noch helfen?«

»Verpisst euch einfach und lasst mich in Ruhe!«

»Liam James Carter! Auch wenn ich mich jetzt anhöre wie deine Mutter; GEH DUSCHEN!«, erstaunt sahen alle William an, der selten so aus der Haut fährt.

»Hast du mich verstanden?«

»Ja, Mum! Gebt mir 20 Minuten!«

Als ich alle aus dem Bad befördern konnte, zog ich mich aus und stellte mich unter die Dusche. Das kalte Wasser ließ mich etwas erwachen und nach weniger als 20 Minuten stand ich, noch immer leicht schwankend, vor meinen Bandkollegen.

»Nicht grade das blühende Leben, aber das wird wohl reichen müssen!«, wir machten uns auf den Weg zum Tourbus und fuhren zu unserem Gig, der nur in die Hose gehen konnte ...

Alles oder nichts!

Emilia

»Emmi? Du musst schnell zu Gerdi! Sie ruft nach dir, und wir wissen nicht, was sie hat!«, schwer atmend stand meine Kollegin in unserem Pausenraum, in dem ich meine warm gemachten Nudeln aß. Ich brauchte einen Moment, bis ich realisierte, was sie zu mir gesagt hatte. Wie von der Tarantel gestochen stand ich auf und rannte in Gerdis Zimmer. Die Angst, das meinem Lieblingshamster etwas passiert sein könnte, stieg von Sekunde zu Sekunde. Ich riss die Tür zu ihrem Zimmer auf und staunte nicht schlecht, als ich sie grinsend in ihrem Sessel vorfand.

»Was ist passiert?«, atemlos stand ich vor ihr und sah sie schockiert an.

»Emmi, setzt dich schnell! Das musst du dir ansehen!«, sie zeigte auf den Fernseher und klopfte mit ihrer anderen Hand auf die Sitzfläche des zweiten Sessels.

»Ist das dein Ernst? Ich habe gedacht, du stirbst hier grade!«, jetzt lachte sie auf und schüttelte den Kopf.

»So schnell wirst du mich nicht los, Kind. Komm und setz dich!«

Noch immer fassungslos setzte ich mich neben sie und schaute in den Fernseher. Es lief eine Nachrichtensendung, in der auch über den neuesten Klatsch und Tratsch der Prominenten berichtet wurde. Sie klopfte mir aufgeregt auf den Oberschenkel und stellte die Fernsehlautstärke noch etwas lauter.

»Pass auf! Jetzt kommt es!«, der Fernseher war nun so laut, dass Gerdi mich regelrecht anbrüllen musste, aber da die Frau immer schlechter hörte, ertrug ich es für den Moment.

Was ich allerdings im Fernsehen sah, war kaum zu ertragen …

»Was ist nur mit Liam Carter los? Bei dem Konzert seiner Band ‚Outsiders' in Perth trat er sturzbetrunken auf, beleidigte seine Fans und brach mitten auf der Bühne zusammen.«

Ich schluckte hart, denn sie zeigten das Handyvideo eines Fans, auf dem man das ganze Ausmaß der Katastrophe sah. Liam stolperte über die Bühne und nuschelte in sein Mikrofon.

»Das nächste Lied, das wir euch spielen, heißt ‚i´m nothing without you'!«

Die größtenteils weiblichen Fans fingen lauthals an zu schreien. Nein, das war kein Schreien. Ich würde diese Geräusche eher unter ‚hysterisches Kreischen' einordnen.

»Aber, wenn ihr denkt, dass ich es für euch singe, täuscht ihr euch. Denn keine von euch ist die Richtige für mich. Keine von euch ist wie sie. Sie ist die Einzige für mich … die Eine. Ihr wollt doch alle nur mein Geld und meinen Schwanz! Ihr seid alle nur geld- und schwanzgeile Schlampen!«

Vorwurfsvoll spuckte er seinen Fans die Worte entgegen und fiel auf die Knie.

»Sie hasst mich ... sie will mich nicht ... ich ... was soll ich ... nur ... tun ...«
Er packte sich mit beiden Händen an den Kopf und brach zusammen. Seine Bandkollegen, die alle sehr besorgt aussahen, stürmten zu ihm und hoben ihn hoch. Das Video endete, nachdem sie ihn von der Bühne trugen.

»Schon in der letzten Woche wurde berichtet, dass er seinen Manager niederschlug und danach feuerte. Zudem haben wir erfahren, dass sein Großvater aus Deutschland in derselben Woche verstarb. Ob diese Vorfälle etwas mit seinem Verhalten zu tun haben und wer die Unbekannte ‚Eine' ist, an die unser sexy Rocker sein Herz verloren hat, erfahren sie als Erstes von uns.«

Zitternd griff ich nach Gerdis Hand und drückte sie fest. Diese erwiderte den Druck und sah mich eindringlich an.
»Dir ist schon klar, dass er über dich gesprochen hat, oder?«
»Ich glaube schon ...«
»Du hast also nicht mehr mit ihm geredet?«
»Er war schon weg, als ich zu ihm gegangen bin.«
»Du musst ihn anrufen!«
»Was? Nein, das kann ich nicht!«
»Du siehst doch selbst, wie sehr er leidet. Und ich kann es nicht mehr ertragen, dich so leiden zu sehen! Vielleicht ist das alles nur ein blödes Missverständnis. Du bist die Richtige

für ihn und er ist der Richtige für dich. Hör dir seine Geschichte an und erzähl ihm deine.«

Wie sehr mich Gerdi doch immer beeinflussen konnte. Aber im Endeffekt hatte sie ja auch recht; ich musste irgendwie Kontakt mit ihm aufnehmen. Sie nahm mich in den Arm und streichelte mir liebevoll den Rücken.

»Ich weiß, dass du Angst hast, mein Kind, aber du musst kämpfen. Es scheint mir so, als hätte er schon aufgegeben. Sei stark für euch beide, ich weiß, dass du das schaffst!«, ich gab ihr einen Kuss auf die Stirn, bedankte mich für alles bei ihr und eilte zu meiner Chefin. Glücklicherweise durfte ich mir den restlichen Tag freinehmen und konnte so zu Elisa fahren, die noch immer Besuch von Liams Eltern hatte. Als ich schwer atmend vor Liams Mutter stand und nach seiner Nummer fragte, sah sie mich zwar etwas komisch an, gab aber die Nummer sofort raus. Ich war immerhin kein verrückter Fan, sondern seine große Liebe. Vielleicht. Hoffentlich.

»Danke, ich … ich muss jetzt los!«

»Warte! Du hast also schon von seinem Auftritt gehört?«, ich nickte nur.

»Tust du mir einen Gefallen, Emmi?«, ich nickte wieder.

»Was auch immer zwischen euch vorgefallen ist; lass ihn nicht wieder fallen!«

Wie vor den Kopf gestoßen, stand ich vor ihr und wusste nicht, wovon sie sprach.

»Ich? Wie … ich meine … warum …«

»Er denkt zwar, wir hätten nichts bemerkt, aber du hast ihn damals so sehr verletzt, dass wir uns extreme Sorgen machten. Er hat viel geweint, nachts deinen Namen geschrien, wurde schnell aggressiv und hat wenig gesprochen. Wir konnten froh sein, dass er sich mit seiner Musik ablenken konnte und alles in seinen Liedern verarbeitete.«

»WAS? *Ich* soll *ihn* verletzt haben? Das darf doch nicht wahr sein! Der kann sich was von mir anhören ...«, wütend und enttäuscht drehte ich mich um und ging schnellen Schrittes nach Hause. Da meine Eltern noch auf der Arbeit waren, störte es niemanden, dass ich jede Tür zuknallte, die mir in die Quere kam. Ich wählte seine Nummer mit zitternden Fingern und hoffte, dass er noch wach war. Immerhin war es in Perth schon fast Mitternacht.

»Ethan Greyham.«
»Oh, Entschuldigung, ich habe mich verwählt!«
»Ach, fuck. Das ist ja gar nicht mein Handy. Du willst Carter sprechen?«
»Ja, genau. Liam Carter.«
»Leider muss ich dich fragen, wer du bist, da mir deine Nummer unbekannt ist.«
»Ich bin Emilia Engelhard, Liams ... ehm ...«
»Moment mal ... Emilia ... ACH DU SCH ... Bist du Milli?«
»Ja, so nennt Liam mich jedenfalls.«
»FUCK! Du bist es wirklich! Carter liegt schon im Bett, besser gesagt, immer noch. Er verlässt es nicht mehr, seit dem Zusammenbruch auf der Bühne. Rufst du deswegen an? Er hat mir alles erzählt, was in Deutschland vorgefallen

ist. Ich bin übrigens sein bester Freund und Mitbewohner, spiele in der Band das Schlagzeug. Du hast mich ja bestimmt schon mal gesehen, oder?«

»Ehm ... redest du immer so schnell?«

»Sorry, ich bin furchtbar nervös. Moment ... scheinbar schläft er ... Carter! Wach auf! Am Telefon ist jemand, der dich sprechen möchte!«

»Verpiss dich und lass mich schlafen! Ich will mit niemandem sprechen!«

»Es ist Milli!«

Kurz herrschte absolute Stille, bis auf einmal ein lautes Rascheln und ziemlich viele Flüche zu hören waren. Auch konnte ich ein ‚Aua, du hättest es mir ja nicht direkt aus der Hand reißen müssen' von Ethan hören.

»Milli?«

»Nenn mich nicht so!«

»Fuck, du bist es wirklich!«

»Das höre ich heute nicht zum ersten Mal!«

»Du hörst dich sauer an.«

»Ich *bin* sauer!«

»Was ist passiert?«

»Was passiert ist? *Du* bist passiert! Ich durfte mir grade von deiner Mutter anhören, dass ich dich nicht wieder *fallen lassen* soll und das ich dich damals ja *sooooo* verletzt habe! Sag mal, spinnst du? Was hast du ihnen erzählt? *Du* hast *mich* aus *deinem* Leben gestrichen!«

»Was habe ich? Wer hat denn nicht mehr auf meinen Brief geantwortet und sich schon nach wenigen Wochen durch die Gegend gevögelt? Du wolltest mich nicht mehr in deinem Leben haben!«

Scharf zog ich die Luft ein. So musste ich nicht mit mir sprechen lassen.

»Erstens habe ich auf jeden deiner Briefe geantwortet! *Du* hast *mir* nicht mehr zurückgeschrieben. Zweitens habe ich mit keinem außer dir ‚gevögelt' und drittens ... *so* redet niemand mit mir!«, ich nahm das Handy vom Ohr und legte auf. Zitternd vor Wut und Adrenalin setzte ich mich auf mein Bett, wiederholte das Gespräch in meinem Kopf. Was fällt ihm ein, so etwas von mir zu denken? Noch bevor ich den Gedanken weiter ausbauen konnte, klingelte mein Handy. Natürlich war es Liam.

»Was?«

»Milli, wir müssen ...«

»NENN ... MICH ... NICHT ... SO!«

»Wehe, du legst jetzt wi ...«

Und schon hatte ich den roten Knopf betätigt. Wer nicht hören will, muss eben fühlen. Als mein Handy ein weiteres Mal klingelte, musste ich etwas schmunzeln.

»Ja, bitte?«

»Emilia BEATE Engelhard! Wenn du noch ein einziges Mal auflegst, komme ich nach Deutschland, fessle dich an unseren scheiß Felsen und kitzle dir deine verdammte Sturheit aus dem Hirn! Du warst meine Milli, du bist meine Milli und du wirst, verdammt noch mal, auch immer meine Milli sein!«

Auflegen.

Warten.

Mein Handy klingelte ein weiteres Mal.

»Zugegeben, das war eine Steilvorlage.«

Ich musste leicht schmunzeln, weil auch er erkannte, was er in dem letzten Satz gesagt hatte. Sollte er doch nach Deutschland kommen, mir wäre es recht!

»Liam, was steht in dem letzten Brief, den ich dir geschrieben habe?«

»Mein liebster Liam, ich vermisse dich so sehr, ich kann es nicht in Worte fa ...«, er sagte das nicht in seiner Stimme, sondern äffte meine nach.

»... hast du den Brief etwa grade vor dir liegen?«

»Ich kenne ihn auswendig.«

»Oh ... okay. Zusammenfassung?«

»Du erzählst von dem kleinen Hund aus dem Tierheim, mit dem du immer spazieren gehst, von Oma und ihren tollen Rezepte, die sie dir alle beibringt und ganz unten schreibst du mir, dass du es kaum erwarten kannst, mich wieder zu küssen und das du mich ... liebst.«

»Das ist der letzte Brief, den ich dir geschrieben habe. Der Brief, auf den du nie geantwortet hast!«

»Was? Natürlich habe ich darauf geantwortet! Ich habe dir, wie immer, noch am selben Tag zurückgeschrieben!«

»Ich habe nie einen Brief bekommen!«

»Ich habe ihn aber verschickt!«

Stille. Wir mussten beide über die Situation nachdenken. Wenn es wirklich so gewesen sein sollte, dass er mir zurückgeschrieben hat, aber der Brief einfach nicht angekommen ist, würde das so viel erklären.

»Wieso hast du nie angerufen und gefragt, warum ich nicht zurückschreibe?«

»Ich habe angerufen, aber du warst immer im Tonstudio. Hast dir in Australien ein neues Leben und eine Karriere aufgebaut. Warum hast du nie angerufen?«

»Habe ich! Doch du warst immer bei ‚Marc'! Hast dir eine neue Liebe gesucht. War ja auch viel einfacher, als drei Monate zu warten!«

»Marc? Du bist eifersüchtig auf Marc?«, ich fing lauthals an zu lachen, obwohl mir eigentlich zum Weinen zumute war.

»Was ist daran so lustig?«

»Marc war mein Nachhilfeschüler! Er war zu dem Zeitpunkt sieben Jahre alt und grottenschlecht in Mathe!«

»Ach du heilige Scheiße!«

»Musst du immer fluchen?«

»Ich bin ein Rockstar!«

»Du bist ein Idiot!«

»Ich weiß. Milli, ich ... keine Beschwerden über den Namen?«, ich musste lachen und auch Liam stieg mit ein. Wie habe ich dieses heisere, melodische Lachen doch vermisst.

»Jetzt rede schon weiter!«

»Das Wissen, dass du einen anderen hast, hat mich damals fast umgebracht. Allein der Gedanke, dass dich ein anderer anfasst, küsst, liebt ... ich kann diesen Gedanken heute noch nicht ertragen.«

»In der Hinsicht musst du dir wirklich keine Gedanken machen!«

»Wie meinst du das?«

»Naja ... es ... gab nach dir keinen anderen ...«

Stille. Nur seine schwere Atmung konnte ich hören.

»*Ich war der ...*«
»*... der Einzige, ja.*«
»*Kein Kuss?*«
»Kein Kuss.«
»*Kein Sex?*«
»Wieso sollte ich Sex gehabt haben, wenn ich noch nicht mal einen anderen Mann geküsst habe?«

»*Ich wollte nur sichergehen!*«
Schon wieder Stille. Irgendwie musste ich vom Thema ablenken.

»Wie oft hast du denn damals versucht mich anzurufen?«

»*Ehrlich gesagt nur drei Mal. Ich war so eifersüchtig und sauer! Hätte ich gewusst, dass er nur dein Nachhilfeschüler war, dann ... dann ... Fuck!*«

Er seufzte laut auf und klang verzweifelt.
»Du konntest es nicht wissen! Ich hätte nie gedacht, dass ich das Mal zu dir sage, aber dich trifft keine Schuld!«

»*Danke, Milli. Wie oft hast du denn angerufen?*«

»Auch nur drei Mal. Deine Mutter sagte mir bei dem letzten Telefonat, dass du im Tonstudio wärst und alle sagen, dass du ein großer Star wirst. Für mich hörte es sich so an, als hättest du schon längst ein neues Leben begonnen. Immerhin habe ich nie diesen Brief bekommen. Ich dachte, du hättest mich vergessen ...«

»*Milli, sag so etwas nicht! Ich habe dich nie vergessen, das könnte ich nicht! Jeden Tag, in den letzten zehn Jahre, habe ich an dich gedacht. Und auch, wenn ich damals die Wahl zwischen dir und meiner Karriere gehabt hätte; ich hätte dich gewählt. Ich würde dich immer wählen!«*

Seine Worte gingen mir näher, als ich es zulassen wollte. Mit Tränen in den Augen und einem dicken Kloß im Hals sprach ich das aus, was mir seit Jahren auf der Seele lag.

»Liam … ich vermisse dich so sehr. Jede Minute, jede Sekunde. Verdammt, du fehlst mir!«

»Baby, hast du grade geflucht?«, kichernd und gleichzeitig schluchzend fragte er mich.

»Ja, irgendwie schon.«

»Jetzt fehlst du mir noch mehr! Kannst du nicht zu mir kommen? Ich könnte dir sofort einen Flug buchen!«

»Liam, es gibt Menschen, die haben einen richtigen, echten Job! Ich kann mir nicht spontan Urlaub nehmen.«

»Willst du etwa andeuten, dass ‚Rockstar' kein richtiger Job ist?«

»…«

»Milli! Antworte mir gefälligst!«

Als Antwort bekam er von mir nur ein lautes, schallendes Gelächter. Ich habe es so vermisst, mich mit ihm zu necken. Er stieg natürlich sofort mit ein und wir lachten gemeinsam.

»Das habe ich am meisten vermisst. Ich kenne niemanden, der so schön lacht, wie du.«

»Und es gibt niemanden, der mich so gut zum Lachen bringen kann, wie du!«

»Und genau das ist der Grund, warum wir uns so schnell wie möglich sehen müssen.

Außerdem kann und möchte ich keine weitere Sekunde ohne dich sein!«
»Ich verstehe das und glaub mir; mir geht es genauso. Ich könnte auf der Arbeit mal nachhören, wann ich Urlaub bekommen kann.«
»Jetzt noch?«
»Bei uns ist es erst Nachmittag!«
»Stimmt. Meldest du dich danach?«
»Versprochen!«

Endlich wieder leben!

Liam

Als ich nach dem Auftritt in mein Bett stolperte, dachte ich nicht daran, jemals wieder auf der Bühne stehen zu können. Nicht, weil ich meine Fans beleidigt oder mich in eine peinliche Lage gebracht habe, sondern, weil ich bei jedem verdammten Song an mein Mädchen denken musste. Natürlich ist der Auftritt so ausgegangen, weil Alkohol im Spiel war, aber auch ohne hätte ich es nicht länger ausgehalten. Jede Zeile, jedes Wort, jeder Ton; alles war nur für sie. Schon immer.

»Carter! Wach auf!«
Wer, verdammt noch mal, wagt es, meinen endlich gefundenen Schlaf zu stören? Schon den ganzen Abend wälzte ich mich rum, fand einfach keine Ruhe. Ich hielt mir die Hand vor die Augen und hoffte, dass das alles nur ein schlechter Scherz war.
»Am Telefon ist jemand, der dich sprechen möchte!«
Natürlich möchte mich jemand sprechen! Nach der Katastrophe will wahrscheinlich die ganze Welt mit mir sprechen! Ich wette, es ist meine Mutter, die mir jetzt den Kopf waschen will. Oder meine Oma, die entsetzt darüber ist, welche Wortwahl ich doch auf der Bühne hatte. Mein Opa hätte es mit Sicherheit lustig gefunden.

»Verpiss dich und lass mich schlafen! Ich will mit niemandem sprechen!«, außer mit Milli, aber das wird wohl nie passieren. Sie wusste bestimmt sowieso noch nichts davon, immerhin waren die deutschen Medien nicht so schn ...

»Es ist Milli!«

Ich riss meine Augen auf, drehte mich langsam um und starrte Ethan an. Wenn ich nicht absolut perplex gewesen wäre, hätte ich bei seinem Anblick wohl laut losgelacht. Mit weit aufgerissenen Augen und ahnender Miene stand er da, das Telefon in der einen, eine Flasche Bier in der anderen Hand. Sekundenschnell stürzte ich mich auf ihn und nahm ihm mein Smartphone, sowie das Bier ab. Ein wildes Handgemenge und ziemlich viele, schlimme Flüche später, konnte ich mich endlich versichern, ob sie es wirklich ist ...

***

Seit über zehn Jahren war ich nicht mehr so glücklich, wie in diesem Moment! Ich stürmte aus meinem Zimmer und sprang meinen Bandmitgliedern, die scheinbar vor der Tür gelauscht hatten, direkt in die Arme. Da sie unser Gespräch zwar hören, aber nicht verstehen konnten, sahen sie mich aufgeregt fragend an.

»Leute, es war alles ein riesiges Missverständnis!«, ich hatte den Satz noch nicht ganz ausgesprochen, da hörte ich auch schon, wie alle die angehaltene Luft ausstoßen.

»Ist das ewige Gejammer jetzt vorbei?«

»Glaubt mir, ab heute wird es noch schlimmer. Denn jetzt vermisse ich sie noch mehr!«

»Fuck, wie sollen wir das aushalten?«

Ich ging zusammen mit ihnen in unseren Gemeinschaftsraum, setzte mich auf das Sofa und machte mir eine Flasche Bier auf; reichte jedem meiner Bandkollegen auch eine Flasche.

»Tja, da müsst ihr jetzt durch. Mal mindestens so lange, bis sie mich besuchen kommt. Denn wenn sie erst einmal hier ist, werde ich sie nie wieder gehen lassen!«

»So was nennt man Kidnapping!«

»So was nennt man Liebe! Verdammt, William, du hast keine Ahnung, wie sehr ich diese Frau will. Sie ist und war schon immer mein Leben!«, noch bevor ich weitersprechen konnte, klingelte mein Handy und ich öffnete die Nachricht.

Emilia: Habe mit meiner Chefin gesprochen! In zwei Wochen bekomme ich zehn Tage Urlaub!

Heilige Scheiße! An den Messenger hatte ich noch gar nicht gedacht! Wir hatten so die Möglichkeit, kostenlos und ununterbrochen in Kontakt zu bleiben. Ich strahlte der Nachricht entgegen und bemerkte erst, als es zu spät war, dass drei Köpfe hinter mir auftauchten und versuchten, mitzulesen.

»Ist sie das?«

»Zeig uns mal das Bild!«

»Gib mal her!«

Da meine Reflexe durch die Glückshormone geschwächt waren, konnte Cooper mir mein Handy aus der Hand schnappen und lief damit davon.

»Cooper! Gib es mir sofort wieder oder dir passieren Dinge, die du dir in deinen schlimmsten Albträumen nicht vorstellen kannst!«, ich wollte hinter ihm her, doch Ethan und William hielten mich auf.

»Und? Hast du ihr Profilbild schon geöffnet?«

»Moment!«, Cooper tippte ein paar Mal auf dem Display rum, bekam große Augen und schaute mich erstaunt an.

»Alter! Die ist viel zu schön für dich! Leute, guckt euch diese Granate mal an!«, er hielt uns das Bild entgegen und alle Münder klappten nach unten; selbst meiner. Auf dem Bild saß sie auf einer Schaukel, die auf dem Spielplatz in unserem Dorf steht. Sie trug ein weißes, kurzes Sommerkleid, keine Schuhe, war nicht geschminkt und die lockigen, langen Haare wurden vom Wind weit nach hinten geweht. Wunderschön. Natürlich. Anbetungswürdig. GÖTTLICH!

Da ich als Erstes meine Fassung wiedererlangte, wollte ich Cooper mein Smartphone wieder abnehmen und griff danach. Nach wenigen Minuten, in denen wir uns zu viert wie kleine Jungs prügelten, hatte ich es endlich wieder. Es war sehr praktisch, der Größte und Stärkste von allen zu sein. Nachdem ich mir das Bild noch einmal angesehen hatte, wollte ich ihr zurückschreiben; doch scheinbar hatte ich das schon.

Liam:
Bddbsksjvcrhusvbvebejddldxöööendsäckdfdus md

Emilia: Also, wenn du so deine Texte schreibst, kann ich irgendwie nicht verstehen, wie du es so weit geschafft hast!

Typisch Milli. Immer einen schlagfertigen Spruch parat.

Liam: Sorry, ich musste mich grade mit drei Vollidioten um mein Handy prügeln. Ich kann es gar nicht erwarten, dich endlich bei mir zu haben! Zudem haben wir in dieser Zeit nur ein Konzert, also haben wir viel Zeit zu zweit. Darf ich dir einen Flug buchen?

»Ohhh, Milliiii! Darf ich dir einen Flug buchen? Mitten in mein Herz?«, Cooper und Ethan sprangen um mich herum und äfften mich, in einer viel zu hohen Stimmlage, nach. William saß mir schräg gegenüber und lachte sich über das Verhalten der beiden kaputt.
»Wer euch als Freunde hat, braucht auch keine Feinde mehr!«, ich sprang schwungvoll auf, schubste Cooper gegen Ethan und verschwand in mein Zimmer.
»Carter, schickst du uns gleich noch ihr Bild weiter? Wir wollen heute Nacht auch schöne Träume haben!«, ich öffnete die Tür wieder und warf Ethan einen meiner Schuhe direkt

an die Schläfe, was er nur mit einem lachenden Schrei kommentierte.

Emilia: Gerne, aber das kann ich auch selbst machen. Ich bin schon ein großes Mädchen, Liam!

Ich ließ mich noch während dem Lesen auf mein Bett fallen und bekam dieses verdammte Lächeln nicht mehr aus dem Gesicht. Ob es ihr wohl genauso geht?

Liam: Du bist vieles, aber nicht ‚groß'!

Emilia: Nicht so frech, der Herr! Immerhin möchtest du, dass ich zu dir komme!

Liam: Willst du das denn etwa nicht?

Emilia: Es gibt nichts, was ich lieber möchte! Jetzt heißt es nur: zwei laaange Wochen abwarten.

Während ich mit ihr schrieb, öffnete ich schon auf meinem Tablet die Internetseite meiner Lieblingsfluggesellschaft und schaute nach passenden Flügen.

Liam: Das werden die längsten zwei Wochen meines Lebens. Wäre dir ein Flug sonntags morgens recht?

Emilia: Du sollst nicht für mich buchen! Ich komme dich besuchen, ich zahle!

Liam: Milli, du kommst zu mir und deshalb zahle ich für dich. Außerdem wirst du erste Klasse fliegen. Ich möchte nicht, dass du stundenlang auf einem unbequemen Platz sitzt. Nur das Beste für mein Mädchen!

Emilia: Dein Mädchen?

Liam: Das warst du schon immer!

Emilia: Ich zahle meinen Flug trotzdem selbst!

Liam: Zu spät! Du fliegst Sonntag in zwei Wochen, kurz vor neun Uhr geht's los. Ich schicke dir gleich den Link!

Emilia: Liam James Carter! Du bist unglaublich!

Liam: Unglaublich charmant!
Emilia: Die Uhrzeit muss deine Sinne trüben! Schlaf gut, mein charmanter Rockstar!

Ich öffnete die Kamera meines Handys, machte einen Kussmund und drückte auf den Auslöser. Hoffte, dass ich ein gleiches Foto zurückbekam.

Liam: Gute Nacht, mein wunderschönes Mädchen!

Meine Gebete wurden erhört, denn kurz nach dem Versenden meines Bildes, bekam ich ein Foto von ihr. Sie saß auf einem roten Sofa, ihre Haare fielen von ihrem hohen Zopf über die Schulter und reichten trotzdem fast bis zu ihren Brüsten, sie trug ein weißes, schlichtes T-Shirt und die goldene Halskette, die sie schon seit Kindertagen trägt. Ihre Lippen waren zu einem süßen Kussmund verzogen, den ich am liebsten an meinen Lippen spüren würde, ihre kleine Nase wurde von ihren roten Wangen umrandet. Doch mein Blick blieb an ihren Augen hängen. Dieser verschleierte, vielsagende Blick, der mich sofort hart werden ließ. Ich eilte ins Bad, stellte mich unter die heiße Dusche, packte fest um meinen harten Schwanz und ließ meinen Gedanken an Milli freien Lauf.

***

Der Morgen hätte so schön beginnen können, doch leider schrie der Wecker viel zu früh. Moment mal. Wecker? Ich habe gar keinen Wecker!

»Wer hat dieses verfickte Scheißteil in mein Zimmer gestellt?«, mit voller Wucht schmiss ich das plärrende Teil gegen die Tür, die nach wenigen Sekunden geöffnet wurde.

»Das hast du deinem kleinen Aussetzer gestern auf der Bühne zu verdanken! Wir treffen uns in einer Stunde mit dem neuen Management, um zu planen, wie wir den Vorfall irgendwie runterspielen können.«, Ethan, der alte Besserwisser, stand nur in Boxershorts vor mir und sammelte die Überreste seines Weckers auf.

»Als wäre das noch möglich! Die ganze Welt berichtet darüber!«, man hörte die leicht verschlafene Stimme von William und bei genauerem Hinhören, ein leises Schnarchen von Cooper. Wütend knurrend verließ ich mein Zimmer und schleppte mich zu unserer Kaffeemaschine, die den besten Kaffee der Stadt machte. Ich nahm einen Schluck und tippte dabei die erste Nachricht an Milli.

Liam: Guten Morgen! Ich hoffe, du hast gut geschlafen. Besser gesagt, ich hoffe, du schläfst noch gut. Die Zeitverschiebung spielt uns wirklich nicht in die Karten, aber das wird sich bald ändern. Ich hoffe, du träumst von mir!

»Müssen wir uns jetzt jedes Mal, wenn du auf dein scheiß Handy guckst, dein dummes Lächeln ansehen?«

»Sei doch still! Lieber sein dummes Lächeln, als seine ewige schlechte Laune am Morgen!«, ich hörte den Jungs amüsiert zu und öffnete das Bild, das Milli mir gestern von sich geschickt hatte. Auch, wenn es absolut kindisch war, wählte ich es als mein neues Hintergrundbild. Immerhin konnte ich sie so jedes Mal sehen, wenn ich auf mein Handy schaute.

»Hast du dir schon überlegt, was du zu deiner Verteidigung sagen wirst?«, William stand neben mir und nahm sich eine Tasse aus dem Schrank, um sich einen Kaffee zu kochen.

»Keine Ahnung! Ich hatte bis eben ehrlich gesagt andere Dinge im Kopf!«, er streckte seinen Hals und schaute auf mein Smartphone; entdeckte das Bild von Milli.

»Alter, sie hat dir echt den Kopf verdreht, oder?«

»Weißt du, sie ist es einfach ...«

»Wenn ich mir das Bild so ansehe, glaube ich dir gerne! Trotzdem brauchst du eine gute Erklärung oder du rückst mit der Wahrheit raus!«

»Wir sollte uns erst mal anhören, was das Management zu sagen hat. Wann müssen wir los?«

»Du hast noch 30 Minuten!«, ich trank in einem Zug den noch viel zu heißen Kaffee leer und ging zurück in mein Zimmer, doch nicht, ohne vorher Cooper unsanft, mit einem Schlag auf den Hinterkopf zu wecken.

Fast pünktlich kamen wir in unserem Studio an, in dem unser Management, bestehend aus zwei Männern und einer Frau, schon warteten.

»Da sind Sie ja! Wenn ich mich als erstes Vorstellen darf, mein Name ist Lennard Grounder, ich bin ihr neuer Manager. Unterstützt werde ich von meinem Team; Mrs. Tanya Jefferson und Mr. Bruno Fastrey. Wir hoffen auf eine angenehme Zusammenarbeit!«, er gab erst mir, dann den anderen Jungs die Hand und wirkte recht sympathisch. Auch seine beiden Anhängsel wirkten nicht ganz trottelig. Wir stellten uns jedem persönlich vor und setzten uns an den großen, runden Konferenztisch.

»So, Mr. Carter. Können Sie uns erklären, was bei Ihrem letzten Auftritt auf der Bühne passiert ist?«, er schaute mich nicht sauer, vorwurfsvoll oder verachtend an, sondern schien mir irgendwie amüsiert zu sein.

»Ehm ... das haben Sie doch mit Sicherheit alle schon mehrmals in den Nachrichten gesehen, oder?«

»Natürlich! Doch wir würden gerne von Ihnen hören, was der Auslöser war!«

»Sagen wir es mal so: Auslöser war die Liebe meines Lebens, von der ich aber dachte, dass sie irgendwie nicht mehr die Liebe meines Lebens ist, sich aber nachher rausstellte, dass sie immer die Liebe meines Lebens war und diese auch immer sein wird!«, weil ich mir dabei theatralisch an die Brust packte, brachen die Jungs in Gelächter aus und das Managerteam runzelte nur die Stirn.

»Carter, wie soll da irgendjemand durchblicken? Du solltest vielleicht die ganze Story erzählen!«, Ethan hatte mittlerweile die Hände vor den Kopf geschlagen und schüttelte lachend mit dem Kopf.

»Wieso? Ich habe es erklärt, wie es nun mal ist!«

»Aber auf deine komische Carterart, die niemand versteht!«

»Das sind unsere neuen Manager, da sollten sie sich schnell dran gewöhnen!«, ich zwinkerte dem Managerteam zu und setzte mein Lächeln auf, dem eh niemand widerstehen konnte.

»Na gut, Mr. Carter. Könnten Sie uns die Umstände, solange wir noch nicht mit ihrer ‚Carterart' vertraut sind, ein wenig genauer ausführen?«, dieser Grounder hatte wirklich Witz. Da mir sowieso nichts Anderes übrigblieb, als mit der Wahrheit rauszurücken, erzählte ich ihnen vom Tod meines Großvaters, von unserem Ex-Manager und seiner Arschlochaktion und auch von Milli. Als ich meinen Vortrag beendete, sahen sich Mr. Grounder und seine zwei Marionetten fragend an.

»Gut, Mr. Carter. Wir haben jetzt zwei Möglichkeiten, denn die Presse erwartet schon heute Nachmittag eine Stellungnahme.«

»Dann lassen Sie mal hören!«

»Entweder, Sie erzählen die Wahrheit, oder wir denken uns eine verdammt gute Ausrede aus!«, ungläubig sahen wir den guten Mann vor uns an.

»Ehm ... ist das jetzt Ihr ernst? Natürlich bleiben mir nur diese Möglichkeiten, aber ich hätte jetzt mit einer ausführlicheren Erklärung gerechnet!«

»Oh, Entschuldigung. Ich wollte erst einmal das Wesentliche nennen. Normalerweise bin ich immer für die Wahrheit, doch in Ihrem Fall könnte das Ihrem Ruf schaden. Denn, welche Frau auf diesem Planeten möchte schon hören, dass Sie nicht mehr zu haben sind?«

»Ich werde mein Mädchen nicht verleugnen!«, die Worte klangen aggressiver, als sie es sollten, doch ich konnte meine Stimme nicht mehr kontrollieren. Scheiß auf meinen Ruf! Hier ging es um mein Mädchen! Mein Leben!

»Entschuldigen Sie, wenn ich mich einmische, aber ich kenne Carter schon seit vielen Jahren und glauben Sie mir; er würde sich lieber ein Bein abhacken, als seine Milli zu verleugnen! Zudem hört man auf den unzähligen Videos, die es von dem Auftritt gibt, wie er über sie spricht. Er kann es gar nicht mehr verleugnen!«, Ethan sprach mir aus der Seele, und auch, wenn sich das verdammt pussymäßig anhört, ich hätte ihn dafür knutschen können. Es gab niemanden, der mich so gut kannte, wie er. Naja, außer Milli.

»Das ist uns bewusst, aber vielleicht sollten Sie erst mal mit ihrer Freundin sprechen. Nicht jeder mag es, im Rampenlicht zu stehen.«

»Wer sagt denn, dass sie das tun muss? Niemand muss etwas über sie erfahren!«

»Bei aller Liebe, Mr. Carter. Schon jetzt, nachdem Sie offenbart haben, dass es jemanden gibt ... ‚die Eine' ... wie sie es so schön ausgedrückt haben, versuchen die Medien alles über sie rauszufinden. Es wird nicht lange dauern, bis durchsickert, um wen es sich dabei handelt!«, darüber hatte ich noch nicht nachgedacht. Vielleicht sollte ich doch erst Rücksprache mit ihr halten. Ich möchte sie keinesfalls in eine Lage bringen, die sie nicht möchte oder gar unangenehm ist.

»Zudem hat Ihr übermäßiger Frauenverschleiß die letzten Jahre nicht grade den Eindruck vermittelt, dass es da die ganze Zeit jemanden gab.«

Mit offenem Mund starrte ich ihn an, jeder Muskel in meinem Körper spannte sich vor Wut an.

»Haben Sie mir eben überhaupt zugehört? Wir hatten zehn Jahre lang keinen Kontakt und das alles, wegen eines dummen

Missverständnisses, und trotzdem haben sich meine Gefühle für sie nie geändert!«, ich sprang auf und stemmte meine Fäuste auf den Tisch, meine Stimme war nicht nur laut, sondern mittlerweile ziemlich aggressiv.

»Glauben Sie etwa, ich hätte für eine der Schlampen jemals etwas empfunden? Sie waren alle nur dafür da, um meinen Druck zu mindern, mehr nicht! Und jede Frau, die sich auf ein Arschloch wie mich einlässt, weiß das!«, Ethan packte meinen Arm, der vor Anspannung schon brannte, und wollte mich auf meinen Stuhl zurückziehen. Was natürlich nicht funktionierte.

»Heißt das, Sie haben mit Ihnen geschlafen und sie am nächsten Morgen weggeschickt?«

»Erstens habe ich nicht mit ihnen geschlafen, ich habe sie gefickt! Und zweitens hat nie eine der ‚Zeitvertreibe' bei mir übernachtet. Sie waren nur eine bis drei, manchmal vier Stunden bei mir und haben sich in den Himmel vögeln lassen. Verstanden?«, mit großen Augen nickte er mir zu, sagte nichts mehr und schrieb etwas auf.

»Was wird das denn jetzt? Sind wir hier bei einem verdammten Verhör? Oder sitze ich etwa beim Psychiater?«, meine Bandkollegen hielten sich alle zurück, denn sie wussten, wenn ich laut wurde, war ich durch nichts zu bremsen.

»Nein, Mr. Carter. Alles, was wir bisher über Sie wissen, kennen wir auch nur aus den Medien und wollen deswegen mehr über Sie erfahren. Immerhin werden wir, hoffentlich, in den nächsten Jahren viel und gut zusammenarbeiten. Ihr Lebensstil geht uns natürlich nichts an, aber in dieser besonderen Situation müssen wir mehr über Ihr Leben erfahren, um das Richtige zu tun.«

»Und was glauben Sie, wäre das Richtige?«

»Das würde ich gerne kurz unter sechs Augen mit meinem Team besprechen!«, bevor ich komplett die Fassung verlor, ging ich schnellen Schrittes aus dem Konferenzraum.

»Scheiße! Leute, wenn die auf die idiotische Idee kommen, Milli aus meinem Leben zu streichen, sind die schneller gekündigt, als ich ‚verdammt' sagen kann!«, ich lief auf und ab, um mich etwas zu beruhigen. William, Ethan und Cooper standen an der Wand angelehnt und sahen mir hinterher.

»Als ob sie das könnten! Warte doch erst mal ab, was sie zu sagen haben. Sie sollen immerhin die Besten der Besten sein, da haben sie bestimmt mehr als nur eine Lösung parat.«

Auch, wenn mich Coopers Worte etwas beruhigten; ich hatte eine scheiß Angst vor den Lösungen. Denn, wenn ich mich entscheiden müsste, zwischen der Band und Milli, weiß ich, dass ich egoistisch denken würde ... so sehr ich meine Jungs und die Musik auch liebe, Milli ist für mich das Einzige, was zählt ...

Er liebt mich, er liebt mich nicht...
Emilia

Als ich durch das Klingeln meines Weckers geweckt wurde, stellte ich als Erstes fest, dass noch immer ein Lächeln auf meinen Lippen lag. Ich gähnte auf, streckte mich ausgiebig und nahm mein Handy vom Nachttisch, in der Hoffnung, eine Nachricht von ihm erhalten zu haben. Und ich sollte nicht enttäuscht werden. Vor Glück strampelte ich meine Bettdecke ab, stand auf und sprang wie verrückt auf meinem Bett rum. Hoffte, dass mich niemand sehen würde. Als ich mich atemlos auf die Bettkante setzte, verfasste ich schnell eine Nachricht.

Emilia: Guten Morgen oder besser gesagt, guten Nachmittag! Ich habe sehr gut geschlafen, denn ich habe nur von dir geträumt.

Ich drückte auf Senden und ließ mich zurück auf mein Bett fallen. Weich und warm kuschelte ich mich in die vielen Kissen, die sich anfühlten, als läge ich auf einer Wolke. Vielleicht ja auf Wolke 7? Noch bevor ich weiter darüber nachdenken konnte, klingelte mein Handy. Auf dem Display strahlte mir Liams Kussmundfoto entgegen, darüber stand groß ‚*Videoanruf*'. Ich setzte mich auf und nahm das Gespräch an.

»Guten Nachmittag!«

»Guten Morgen! Wow ... du siehst wunderschön aus.«

»Schleimer, ich bin grade erst aufgestanden. Ich sehe aus, als hätte ich die letzten fünf Jahre mit einem Rudel Wölfe gelebt. Guck doch, wie meine Haare abstehen!«

»Dich kann einfach nichts entstellen, auch kein Rudel Wölfe! Hast du kurz Zeit für mich, Schönheit?«

Auch, wenn ich mich eigentlich für die Arbeit zurechtmachen musste, ich wollte und konnte das Gespräch nicht beenden. Denn nicht nur sein Anblick, der heißer nicht sein könnte, sondern auch seine Stimme verzauberten mich jedes Mal aufs Neue.

»Eigentlich nicht, aber ich nehme mir die Zeit! Was gibt es denn?«

»Erstens muss ich dich bitten, dein Handy ein wenig höher zu halten. Du hast keinen BH an und das lenkt mich ziemlich ab!«, schnell hielt ich mein Handy näher vor mein Gesicht, sodass er nur noch meinen Kopf und die Schultern sehen konnte. Immer noch derselbe Schlingel wie früher, dachte ich, als er ein absolut anbetungswürdiges, schiefes, verführerisches Lächeln auf den Lippen hatte. Zum Anbeißen.

»Zweitens muss ich dich darum bitten, es wieder so hinzuhalten wie eben. Hör nicht auf mich und zeig, was du hast! Aber nur mir, verstanden?«

»Liam! Komm zum Punkt!«, ich wurde leicht rot und musste kichern. Hatte er grade indirekte Besitzansprüche ausgesprochen?

»Ist ja schon gut! Ich habe mich … uns … mit meinem kleinen … ehm … ‚Aussetzer' in ganz schöne Schwierigkeiten gebracht …«

»Uns? Was für Schwierigkeiten?«

»Jeder, der meinen Auftritt gesehen hat, weiß jetzt, dass es dich gibt. Klar, sie kennen deinen Namen nicht, aber die Medien werden alles dafür tun, um rauszufinden, wer du bist! Mein neuer Manager hat mir ein paar Vorschläge gemacht, wie wir mit der Situation am besten umgehen können. Natürlich nur, wenn es für dich überhaupt ein ‚uns' gibt …«, sein Blick wurde traurig, denn ich hatte das kleine Wörtchen ‚uns' infrage gestellt.

»Gab es das nicht schon immer, Liam?«, ich lächelte ihn an und sofort erhellte sich seine Miene.

»Gott sei Dank! Ich habe für eine Sekunde gedacht, dass du anders fühlen könntest, als ich.«

Sein Lächeln war so offen und ehrlich, dass ich mich kurz darin verlor. Ich schüttelte mich unmerklich und fasste unser Gespräch wieder auf.

»Also, was haben wir denn für Möglichkeiten?«

»Er hat mir zwei Vorschläge unterbreitet. Naja, eigentlich drei, aber der Letzte kam für mich nicht infrage!«

»Was war der Dritte?«

»Das ist egal!«

»Liam!«, ich zog eine Augenbraue nach oben und sah ihn streng an.

»Zicke! Er wollte, dass ich dich verleugne und vor der Presse sage, dass das alles nur im

betrunkenen Zustand passiert wäre. Dass ich, besoffen, wie ich war, dachte, ich hätte in einem One-Night-Stand die große Liebe gefunden. So wäre ich weiterhin der freie Rockstar, den alle anhimmeln und bei dem sich jede Frau Chancen ausmalen kann, weil er scheinbar nach der großen Liebe sucht!«

»Okay, die Idee finde ich jetzt auch nicht so gut, obwohl es für deine Karriere wohl das Beste wäre.«

»Das hat mein Manager auch gesagt, aber weißt du was? Ich will nicht das, was für meine Karriere das Beste ist. Ich möchte das, was für UNS das Beste ist!«, sein Blick war ernst, aber liebevoll ehrlich.

»Dann erzähl mir von den anderen Vorschlägen, zusammen werden wir schon eine Lösung finden!«, ermutigend lächelte ich ihn an, was er sofort erwiderte.

»Du bist zu gut für diese Welt! Die beiden Vorschläge basieren darauf, dass ich in der Öffentlichkeit als ‚offiziell vergeben' auftrete. Ist das für dich in Ordnung?«, fragend, und auch ein bisschen verzweifelt sah er mich an. Die Entscheidung war nicht so einfach, wie ich es mir vorgestellt hatte. Natürlich gab es ein ‚uns', das gab es schon immer, aber ‚offiziell Vergeben'? Eine Beziehung, obwohl man sich zehn Jahre lang nicht angefasst hat? Nicht geküsst hat? Kaum ein Wort miteinander gewechselt hat? Andererseits konnte ich nicht verleugnen, dass sich meine Gefühle kaum geändert haben. Denn als er vor mir stand, als er mir in die Augen sah, fühlte ich dieselbe

Liebe wie vor zehn Jahren. Auch, wenn ich mir das erst nicht eingestehen wollte.

»Milli?«, erst jetzt bemerkte ich, dass ich starr, mit leicht geöffnetem Mund und hochgezogenen Augenbrauen auf den Bildschirm sah, ohne auch nur einen Mucks zu sagen.

»Ich ... ich denke ... das ist in Ordnung?«

»War das jetzt eine Frage?«

»Ja?«

»Würdest du aufhören, meine Fragen mit Fragen zu beantworten?«, sein heiseres, dunkles Lachen brachte mich so aus dem Konzept, das ich kurze Zeit nicht mehr wusste, worüber wir überhaupt geredet hatten.

»Ehm ... Entschuldigung. Für mich geht das in Ordnung. Wie siehst du das?«

»Das fragst du noch? Milli, du machst mich mit deiner Entscheidung zum glücklichsten Menschen dieser verdammten Welt! Damit geht ein Wunsch in Erfüllung, den ich zehn Jahre lang hatte. Das Einzige, das für mein perfektes Glück jetzt noch fehlt, ist, dich endlich an meiner Seite zu haben. Dich zu berühren, dich zu küssen, dich zu lieben ...«

»Liam, ich weiß gar nicht, was ich sagen soll, aber ich fühle genauso und freue mich schon auf die Tage mit dir. Erzählst du mir von beiden Vorschlägen?«

»Natürlich! Ich möchte dir nur vorher noch sagen, dass die Entscheidung ganz bei dir liegt. Es geht hier um dein Wohlbefinden und um deine persönliche Einstellung. Wie auch

immer du dich entscheidest, ich werde es akzeptieren, Okay?«

»Okay!«

»Gut. Es geht eigentlich nur darum, ob du dich der Öffentlichkeit preisgeben möchtest oder nicht. Wenn ja, würde ich gerne unsere Geschichte erzählen. Wenn nicht, müssen wir uns eine Geschichte ausdenken.«

»Ich verstehe nicht ganz, warum müssen wir uns eine Geschichte ausdenken?«

»Wenn ich heute vor die Presse trete und sage, dass ich die wundervollste Frau der Welt ‚meine Freundin' nennen darf und sie mich fragen, wer du bist, kann ich nicht die Wahrheit sagen, wenn du nicht genannt werden willst. Denn wenn ich ihnen sage, dass ich mit meiner Jugendliebe zusammen bin, müssen sie nicht lange nach dir suchen. Außer dir gab es nie eine Liebe.«

»Du hast recht. Muss ich mich sofort entscheiden? Ich weiß nicht, was ich tun soll.«

»Ich kläre das mit meinen Jungs und dem Manager ab, aber ich denke, wir können die Medien noch ein bisschen vertrösten.«

»Danke, Liam. Ich möchte nicht überstürzt handeln. Leider muss ich auch jetzt schon auflegen, die Arbeit ruft. Würdest du mir noch einen Gefallen tun? Ich weiß, dass du dich nicht einmischen willst, aber können wir das bitte zusammen entscheiden? Ich kenne mich damit nicht aus, aber du stehst schon lange in der Öffentlichkeit.«

»Für dich würde ich alles tun, Milli! Ich schreibe dir gleich, nachdem wir uns besprochen haben. Vielleicht haben die Jungs

ja auch noch ein paar gute Tipps für uns. Ich wünsche dir viel Spaß bei der Arbeit und grüß das Rudel Wölfe von mir!«, er zwinkerte frech in die Kamera, was ich mit einem Augenrollen kommentierte.

»*Ich li … vermisse dich!*«

Mein Herz setzte einen kurzen Schlag aus. Hatte ich mich verhört oder begann der Satz wirklich anders, als er geendet hatte? Ich überspielte meine Gedanken locker und strahlte in die Kamera, warf ihm einen Handkuss zu.

»Ich vermisse dich auch. Bye!«

Nachdem auch er mir einen Kuss zuwarf, legten wir auf und ich eilte ins Bad. Eine kalte Dusche würde meinen glühenden Kopf bestimmt kühlen.

***

Natürlich kam ich etwas zu spät, dafür aber glücklich, zur Arbeit. Ich lief strahlend durch die Gänge, begrüßte jeden auf freundlichste Weise und setzte in unserem Pausenraum eine Kanne frischen Kaffee auf. Pfeifend tänzelte ich um meine Kollegin Maria und nahm ihr die Tüte Milch aus der Hand, aus der ich mir einen Schluck in meinen Kaffee schüttete.

»Hast du gestern im Lotto gewonnen? So fröhlich habe ich dich ja noch nie gesehen!«, lachend, da ich heute jeden mit meiner guten Laune ansteckte, stellte sie mir die Frage.

»Ich bin einfach nur gut gelaunt! Hat sich schon jemand um die Medikamente gekümmert?«

»Noch nicht, aber wir können das gerne zusammen machen!«, ich nickte ihr zu und wir setzten uns gemeinsam an den großen Tisch, um die Medikamente für die Bewohner zu sortieren. Als ich bei Gerdis Tablettendose angekommen war und auf der Liste nachschaute, welche Tabletten für sie vorgesehen waren, bereitete mir das gesehene große Sorgen.

»Warum wurde Gerdi in der Dosierung hochgestuft? Klar, sie hat in den letzten Wochen stark abgebaut, aber meinst du, es ist das Richtige, ihr noch mehr Medikamente zu verabreichen?«

»Ich bin auch nicht begeistert davon, aber der Arzt hat es so verordnet. Er war gestern Nachmittag noch bei ihr, da sie über Schmerzen klagte.«

Sofort überkam mich mein schlechtes Gewissen, da ich mir am gestrigen Tag früher freinahm. Schnell sortierte ich noch die restlichen Medikamente, um danach sofort zu Gerdi zu eilen. Ich klopfte an die Tür und trat ein. Sie lag in ihrem Bett und las ein Buch, das ich ihr in der letzten Woche mitgebracht hatte. Als unsere Blicke sich begegneten, erhellte sich ihre Miene und auch mich steckte sie mit ihrem liebevollen Lächeln an.

»Guten Morgen, Gerdi! Geht es dir wieder besser? Ich habe gehört, dass du gestern Schmerzen hattest!«

»Hallo, Kindchen! Mir geht es schon viel besser. Ich denke, dass ich einfach etwas Falsches gegessen habe. Aber das ist jetzt auch egal!«, sie nahm mir ihre Medikamente aus der Hand, ließ sich von mir ein Glas Wasser reichen und schluckte alle Tabletten in einem runter.

»Es gibt heute Wichtigeres zu besprechen!«, sie zwinkerte mir frech zu und strahlte mich an. Ich wusste ganz genau, auf was sie anspielte, denn sie hatte meine gute Laune, trotz Sorge ums sie, längst bemerkt. Grade, als ich anfangen wollte, ihr von gestern zu berichten, vibrierte mein Handy. Ich zog es aus meiner Hosentasche und öffnete die Nachricht von Liam.

Liam: In wenigen Minuten beginnt die Pressekonferenz. Da auch deutsche Fernsehteams vor Ort sind, kannst du es sicherlich live mitverfolgen. Ich bin so glücklich über unsere Entscheidung und vermisse dich! Fühl dich geküsst, Schönheit!

Sofort griff ich nach der Fernbedienung, die auf Gerdis Nachttisch lag, und schaltete den Fernseher ein. Ich setzte mich neben sie auf ihr Bett und nahm aufgeregt ihre Hand.

»Ich verspreche dir, dass ich dir gleich alles ganz genau erzählen werde, aber zuerst müssen wir uns etwas ansehen!«, Gerdi schaute mich etwas verwirrt an, sagte aber nichts dazu und drückte meine Hand. Der Nachrichtensprecher des Klatschmagazins deutete an, das die Pressekonferenz in wenigen Minuten beginnen sollte, und ließ davor noch das Video von dem Auftritt laufen, um den es ging.

»Hach, ich könnte mir das ständig angucken. Sie nur, wie verliebt er in dich ist!«

»Gerdi, er ist sturzbetrunken und nuschelt beleidigende Dinge!«

»Na und? Ich finde es trotzdem irgendwie niedlich. Außerdem, so wie du heute aussiehst, hat er damit ja alles richtiggemacht!«, lächelnd und nickend stimmte ich ihr zu.

»Du hast ja recht ... oh, es geht los!«, gespannt schauten wir dabei zu, wie Liam, seine Bandkollegen und drei mir unbekannte Personen hinter einem langen Tisch Platznahmen. Nachdem alle begrüßt und vorgestellt wurden, begann Liam zu sprechen.

»Ich möchte mich hiermit bei all unseren Fans entschuldigen. Es tut mir sehr leid, was ich auf der Bühne gesagt habe und wünschte, ich könnte es rückgängig machen. Ich hatte mich in einem schwachen Moment nicht unter Kontrolle und stand unter Alkoholeinfluss. Die Probleme mit unserem ehemaligen Manager und auch meine privaten Probleme haben mir so sehr zu schaffen gemacht, dass ich die Gedanken auf der Bühne nicht abschalten konnte. Ich kann nur hoffen, dass ihr mir mein Missgeschick verzeiht und uns weiterhin auf unserem Weg begleitet. Vielen Dank!«

Er schob das kleine Mikrofon von sich und lehnte sich im Stuhl etwas zurück. Man konnte ihm die Erleichterung ansehen. Im Konferenzraum wurde es laut, denn alle redeten wild durcheinander. Jeder wollte eine Frage stellen. Der Manager beruhigte die Meute und versprach, dass die Band auf einige Fragen antworten würde. Als Erstes stand die Reporterin eines Promimagazins auf.

»Sarah McLean von der Flash´n´Crash. Wobei handelte es sich denn bei Ihren privaten Problemen? Wer ist die Frau, von der Sie auf der Bühne erzählten?«
»Ich werde nicht weiter auf meine privaten Angelegenheiten eingehen!«

Freundlich, aber mit fester Stimme gab er die Antwort. Die Frau setzte sich wieder und ein Mann, den Liams Manager ausgewählt hatte, stand auf.

»Robert Garwin von der HearMe! Wird die Tour weitergehen oder werden noch mehrere Konzerte abgesagt?«

Nun gab ein anderer aus der Band eine Antwort. Wenn mich nicht alles täuschte, war das Ethan, mit dem ich schon telefoniert hatte.

»Die Tour wird natürlich weitergehen! Noch diese Woche spielen wir drei Konzerte, in der Woche danach vier, in den Wochen darauf wird es etwas ruhiger.«

Als Nächstes erhob sich die Dame eines deutschen Senders.

»Inga Drevel von der KlatschundTratsch! Ich denke, jede Frau dieser Welt möchte eine Antwort auf meine Frage! Sind Sie in festen Händen, Mr. Carter?«

Wieder wurde es laut im Saal. Die Kamera zoomte auf Liams Gesicht und für einen ganz kurzen Moment zuckten seine Mundwinkel nach oben. Er lehnte sich nach vorne zum Mikrofon und sein Manager bat um Ruhe. Innerhalb von Sekunden war es still und alle Blicke lagen auf Liam.

»Ja, ich bin in festen Händen!«

Wieder wurde es laut im Konferenzraum, denn nun gab es noch mehr Fragen. Doch die Jungs standen auf, lächelten und verabschiedeten sich freundlich.
»Emmi, ist das wahr?«, Gerdi sah mich erwartungsvoll an und quetschte meine Hand.
»Ja, irgendwie sch ...«, ich hatte es noch nicht ganz ausgesprochen, da drückte mich Gerdi schon an ihre Brust und verteilte eine Menge Küsse auf meinen Scheitel. Als sie sich wieder etwas beruhigte, setzte ich mich auf und bemerkte erst jetzt, dass meine Kollegin lachend in der Tür stand.
»Was habt ihr beide denn für einen Spaß?«
»Ach, Maria! Emmi steckt mich heute einfach mit ihrer guten Laune an!«
»Das ist schön. Also geht es dir besser?«

»Viel besser!«, sie sah mich verliebt an und ich konnte Tränen in ihren Augen aufblitzen sehen. Zu sehen, wie sehr sie sich für mich freute, trieb auch mir die Tränen in die Augen. Ich versuchte sie wegzublinzeln und drehte mich zu Maria.

»Gibst du mir noch fünf Minuten oder brauchst du meine Hilfe sofort?«

»Mach dir keinen Stress, fünf Minuten hast du! Ich warte dann bei Herr Heinrichs auf dich.«

Als sie die Tür hinter sich ins Schloss fallen ließ, sprang ich wieder zu Gerdi aufs Bett und erzählte ihr alles. Mehrmals seufzte sie laut, fasste sich ans Herz und nahm meine Hand.

»Siehst du, mein Kind! Ich habe doch gesagt, dass mehr dahintersteckt! Ich bin stolz auf dich, dass du diesen Schritt gewagt hast. Und jetzt, raus hier! Es gibt noch mehrere Hamster, die ihren Cracker wollen!«, sie zwinkerte mir zu und nahm sich einen weiteren Keks, den sie sofort verspeiste.

Als ich endlich die Mittagspause antreten konnte, die ich unbedingt benötigte, nahm ich zuerst mein Handy aus der Hosentasche, da es am Vormittag mehrmals vibriert hatte. Leider konnte ich nie nachsehen, da einfach viel zu viel zu tun war. Ich schob mir einen Teller der Gemüselasagne, die meine Mutter gestern für mich mitgekocht hatte in die Mikrowelle, und las die Nachrichten. Alle waren sie von Liam.

Liam: Und so kann man in wenigen Minuten einen Tsunami in den Medien auslösen! Hast du es gesehen? Falls nicht ... du bist jetzt ganz offiziell, ebenso wie ich, in festen Händen!

Liam: Ich hoffe, dass du nicht zurückschreibst, da du auf der Arbeit viel zu tun hast und nicht, weil du dich grade von der nächsten Brücke stürzt! So schlimm bin ich auch nicht!

Kichernd nahm ich die Lasagne aus der piepsenden Mikrowelle und tippte schnell zurück.

Emilia: Keine Sorge, so hohe Brücken gibt es hier in der Gegend nicht! Die Arbeit ist heute sehr stressig, was mich aber nicht daran gehindert hat, mir die Konferenz anzusehen.

Als hätte er nur auf meine Nachricht gewartet, vibrierte schon nach wenigen Sekunden mein Handy.

Liam: Da bin ich ja beruhigt, denn ich möchte dich nie wieder verlieren.

Emilia: Das wirst du nicht!

Liam: Dafür werde ich schon sorgen! Ich muss jetzt leider aufhören zu schreibe. Unser Essen kommt gerade und die Jungs bestehen darauf, dass ich mich an etwas beteilige, das sich ‚Konversation' nennt. Ich wünsche dir noch einen stressfreien Arbeitstag und ruf mich nach der Arbeit an, Okay?

Emilia: Das wäre dann mitten in der Nacht! Ich möchte dich nicht wecken ...

Liam: Milli, ich kann mir nichts Schöneres vorstellen, als von deiner zauberhaften Stimme geweckt zu werden! Bitte ruf mich an! Ich vermisse dich!

Emilia: Überredet, du Romantiker! Ich vermisse dich auch!

Glücklich legte ich mein Handy beiseite und widmete mich meiner inzwischen kalten Gemüselasagne. Wolke 7 kann ja so schön sein!

Ach wie gut, dass niemand weiß…
Liam

»Jetzt hör auf so zu grinsen und leg dein scheiß Smartphone weg!«

»Wenn er nicht am Tippen ist, starrt er wie verrückt drauf und wartet, dass es endlich klingelt. Am besten gibst du es einem von uns!«

Ich sah von meinem Bildschirm auf und blickte in drei schlecht gelaunte Gesichter.

»Habt ihr was gesagt?«

William seufzte laut, Ethan vergrub sein Gesicht in beide Hände und Cooper fing an zu lachen.

»Bro, würdest du bitte dein Telefon beiseitelegen? Wir würden uns sehr freuen, wenn du dich an der Konversation beim Essen beteiligst!«, William, der alte Streber, wusste ganz genau, dass ich es hasste, wenn er so geschwollen sprach. Doch heute machte es mir nichts aus, denn ich war einfach viel zu glücklich.

»Lasst mich nur noch die eine Nachricht zu Ende schreiben, dann habt ihr meine volle Aufmerksamkeit!«

Ich schickte die Nachricht ab und wartete noch einen Moment, damit ich Millis Antwort noch lesen konnte.

Emilia: Überredet, du Romantiker! Ich vermisse dich auch!

Wieder schlich sich das Grinsen auf mein Gesicht, dass inzwischen fest zu mir gehörte. So wie Milli. Fuck, ich mutierte wirklich zum absoluten Romantiker. Obwohl das schon immer in mir steckte, denn auch meine Songs, die ich alle selber, und natürlich nur für Milli schrieb, trieften oft vor Romantik und Gefühlen. Dabei fiel mir etwas ein ... ich hatte Milli noch überhaupt nicht gefragt, ob sie meine Songs kennt! Grade, als ich ihr schreiben wollte, nahm Ethan mir das Handy aus der Hand.

»Was soll der Scheiß?«

»Das hast du nun davon! Wir finden es alle ganz toll, dass du sie endlich wiederhast und freuen uns schon auf die Zeit, in der wir uns nicht mehr dein ewiges Gejammer anhören müssen, aber jetzt müssen wir ein paar Entscheidungen treffen.«

»Gejammer? Wo habe ich denn bitteschön gejammert?«, sofort bereute ich die Frage, denn die Jungs sahen es als Aufforderung, mir mein Verhalten bildlich vorzuführen. Cooper stand auf, hielt sich mit einer Hand an Williams Schulter fest, mit der anderen fasste er sich an sein Herz. Sein Gesichtsausdruck hätte leidender nicht sein können.

»Ihr könnt euch doch überhaupt nicht vorstellen, wie es ist, richtig zu lieben! Sie war die Eine für mich! *Die Eine*, versteht ihr das nicht?«

William stand auf und stellte sich kichernd neben ihn. Auch er setzte einen leidenden Gesichtsausdruck auf und fing an zu sprechen.

»Nie wieder werde ich diese vollen Lippen küssen können. Nie wieder! Ihr könnt euch nicht vorstellen, wie gut sie sich angefühlt haben. Wie sie geschmeckt haben.«

Jetzt gesellte sich auch noch Ethan zu den beiden bekloppten und ging auf die Knie. Tat, als würde er heulen.

»Wenn ihr sie sehen könntet, würdet ihr euch sofort in sie verlieben. Ich vermisse sie so sehr. Warum hat sie mich verlassen? Ich schwöre euch, ich werde jeden umbringen, der sie anfasst! Milli ... ich liebe dich ...«, bei dem letzten Satz gingen auch William und Cooper auf die Knie und stiegen in die gespielte Heulerei ein.

»Jungs, setzt euch gefälligst wieder hin! Wir sind nicht alleine hier und die Leute gucken schon komisch. Wann soll ich überhaupt so eine Scheiße gesagt haben? Klar, ich habe oft über sie gesprochen, aber ihr übertreibt total!«, zum Glück setzten sie sich wieder auf ihre Plätze, wenn auch kichernd.

»Wir übertreiben? Das, was wir dir gerade so professionell vorgespielt haben, war noch harmlos! Jedes Mal, wenn du betrunken bist, heulst du uns die Ohren voll, brüllst nachts ihren Namen oder fickst lautstark irgendeine Alte, nur damit du es danach heulend bereust, weil keine deiner Milli das Wasser reichen kann und du dich vor dir selbst ekelst! Wirklich, Bro, wir freuen uns riesig für euch und genau aus diesem Grund, müssen wir jetzt eine Lösung für das Problem ‚Medien' finden. Also, irgendwelche Vorschläge?«, was Ethan am besten konnte, war gnadenlos ehrlich zu sein. Natürlich war ich mir darüber im Klaren, dass ich im betrunken Zustand immer etwas ... melancholisch wurde, aber das Alles so vor Augen geführt zu bekommen, war eine andere Sache. Ich nickte Ethan zu und boxte ihm leicht gegen die Schulter, denn er hatte, wie fast immer, recht.

»Also, wenn ich eine feste Freundin hätte, würde ich sie der Welt präsentieren. Immerhin könnte ich sie so überall mit hinnehmen und mich mit ihr zeigen. Außerdem hätten die Paparazzi so keinen Grund, mir oder meiner Zukünftigen hinterher zu spionieren und wenn man sich ihnen vor die Kamera wirft, verlieren sie schnell das Interesse!«, Cooper begann den Themenwechsel und ich war sichtlich froh darüber. Ethan und ich nickten seine Worte ab, doch William widersprach ihm.

»Das ist ja alles schön und gut, aber du musst bedenken, dass Milli in Deutschland wohnt und dort wahrscheinlich von Paparazzi und Reportern belagert wird. Außerdem hat sie keine Erfahrung mit den Medien. Sie wird vollkommen überrumpelt sein!«, auch ihm stimmte ich zu und war froh darüber, dass sie alle Möglichkeiten in Betracht zogen.

»Stimmt, da hast du recht. Aber Carter will sie doch eh kidnappen, wenn sie erst mal hier ist!«

»Was übrigens immer noch strafbar ist!«, William hob seinen Finger und alle fingen an zu lachen.

»Glaubt mir, ich werde alles dafür tun, damit sie freiwillig bei mir bleibt!«

»Wir wollen überhaupt nicht wissen, wie du das anstellst, also lasst uns bitte weiter über die Lösung des Problems nachdenken!«, alle stimmten Ethan zu und ich musste schmunzeln.

»Was hättest du denn am Liebsten, Carter?«

»Ehrlich gesagt will ich einfach das, was für sie am besten ist! Natürlich möchte ich sie gerne der ganzen Welt präsentieren, denn sie ist nicht nur die schönste, sondern auch die intelligenteste, witzigste und anbetungswürdigste Frau des ganzen Universums, aber wenn sie das nicht möchte, akzeptiere ich das!«, ich sah meine Bandkollegen an und musste mir ein Lachen verkneifen, denn alle schauten mich fassungslos an.

»Wer bist du und was hast du mit Carter gemacht? Bro, seit wann denkst du denn mal an andere? Das sind ja ganz neue Facetten!«

»Also ich mag sie jetzt schon!«

»Jungs, denkt gar nicht erst dran, dass ich jetzt zum Weichei mutiere! So bin ich nur, wenn es um mein Mädchen geht! Eure Gefühle gehen mir noch immer am Arsch vorbei.«

Ich boxte William und Ethan, die direkt neben mir saßen, an die Schulter und ließ sie so wissen, dass ich natürlich nur scherzte.

»Dass du ein Weichei bist, wenn es um deine Milli geht, wissen wir schon seit Jahren! Falls du es noch nicht gemerkt hast … du verpackst deine Gefühle immer sehr gut in deinen Songs!«

»Ja ... ihr habt ja recht! Könnten wir jetzt bitte wieder das Thema wechseln?«, was mir langsam peinlich wurde, ließ die Jungs schmunzeln. Wieder war es an Cooper, das Problem anzusprechen.

»Was hältst du denn davon, wenn ihr, bis Milli hier hinkommt, noch nichts von ihr preisgebt? So wird sie nicht belästigt und ihr habt noch Zeit, über alles nachzudenken.«

»Gar keine schlechte Idee, das werde ich ihr vorschlagen. Danke, Jungs, dass ihr so hinter uns steht! Und jetzt lasst uns endlich essen!«

***

Ein lautes Klingeln riss mich aus meinen Träumen. Ich sprang aus dem Bett, eilte zu dem Stuhl, über den ich meine Hose gehangen hatte, und nahm mein Telefon aus der Hosentasche. Grade, als ich genervt rangehen wollte, sah ich, dass es ein Videoanruf von Milli war und mein Herzschlag wurde schneller. Ich nahm den Anruf an und schon strahlte mir mein Mädchen, so schön wie eh und je, entgegen. Sie trug ein weißes Shirt, ihre Kette, die seidenweichen Haare fielen lang über ihre Brüste. Sie war kaum geschminkt, aber das hat sie noch nie gebraucht, denn sie war von Natur aus wunderschön.

»Habe ich dich geweckt?«

»Ja, aber ich wollte es ja so! Wie geht's dir? Wie war die Arbeit?«, ich ließ mich wieder auf mein Bett fallen und richtete die Kamera so aus, dass sie mein Gesicht und Teile meiner nackten, tätowierten Brust sehen konnte.

»Jetzt, wo ich dich sehe, geht es mir sehr gut! Die Arbeit hat locker begonnen, wurde dann aber sehr stressig. Wie war dein Tag?«

»Ich habe mir dir telefoniert, geschrieben und sehe dich gerade ... also perfekt!«

»Siehst du, dass ich rot werde?«

»Ja, und es steht dir ausgesprochen gut! Ich habe übrigens mit den Jungs gesprochen und wir haben eine Idee!«

»Muss ich Angst haben?«

»Vor mir nicht, aber vor Cooper solltest du dich in acht nehmen ... der steht auf ziemlich komische Sachen ...«

»Liam!«

»Ist ja schon gut! Wir haben uns überlegt, dass wir dich die nächsten zwei Wochen, in denen du noch in Deutschland bist, aus den Medien raushalten. So wirst du nicht belästigt und ich muss keine Angst haben, dass dir jemand zu nahekommt. Sobald du hier bist, überlegen wir uns dann, wie es weitergeht. Was hältst du davon?«

»Eine gute Idee! So habe ich noch genug Zeit, um mir Gedanken zu machen.«

»Milli?«

»Ja?«

»Ich hätte dich jetzt gerne bei mir ...«

»Es dauert nicht mehr lange, dann bin ich bei dir.«

Sie schenkte mir ein weltverbesserndes Lächeln und mein Puls überschlug sich fast. Das waren schon keine Schmetterlinge mehr in meinem Bauch; da rannte eine ganze Herde Elefanten kreuz und quer.

»Ich kann es kaum noch erwarten! Du bist dir aber schon im Klaren darüber, dass ich dich keine Sekunde loslassen werde?«

»Auch nicht, wenn ich auf die Toilette muss?«

»Auch dann nicht!«

»Was ist mit deinem Konzert? Ihr spielt doch in der Zeit eins, oder?«

»Ja, da wirst du mich natürlich begleiten!«

»Liam, ich gehe auf keine Bühne!«

»Wie soll ich dich dann anfassen?«

»Da musst du dir schon was Anderes überlegen!«

»Vielleicht besorge ich mir bis dahin noch eine lange Leine, dann könntest du ...«

»Liam!«

»Ich höre ja schon auf! Wirfst du mir dann wenigstens deine Unterwäsche zu?«

»Vielleicht trage ich ja keine?«

»Das war jetzt hoffentlich ein Versprechen!«, sie zwinkerte frech in die Kamera und in meiner Hose fing es an zu zucken. Die Wirkung, die mein Mädchen auf mich hatte, war unbeschreiblich. Ihr Lächeln war pures Viagra.

»Wir werden sehen! Leider muss ich jetzt schon auflegen, da gleich meine Nachhilfeschülerin vorbeikommt!«

»Habe ich dir schon mal gesagt, dass du viel zu gut für diese verdammte Welt bist?«

»Hör auf, sonst werde ich wieder rot! Schlaf noch gut und träum schön!«

»Ich liebe es, wenn du rot wirst! Außerdem Träume ich von dir, was kann es Schöneres geben?«

»Vielleicht ... dabei neben mir zu liegen?«

»Du machst mich fertig, Babe. Ich vermisse dich!«

»Ich vermisse dich auch! Gute Nacht!«

Sie schenkte mir noch einen Handkuss, den ich erwiderte, und legte auf. Glücklich und zufrieden drehte ich mich auf die Seite, schloss meine Augen und schlief mit einem Lächeln auf dem Gesicht ein.

***

Die Stimmung im Tourbus hätte nicht besser sein können. Ethan hämmerte mit seinen Drumsticks auf allen in seiner Nähe befindlichen Gegenständen rum, Cooper sang in schiefen, undefinierbaren Tönen, William und ich spielten auf unseren Gitarren. Schon den ganzen Tag war meine Laune auf dem Höhepunkt, denn der Tag begann großartig. Meine Eltern waren inzwischen wieder in Australien angekommen und riefen mich heute Morgen sofort an, da sie von der Pressekonferenz hörten. Beide waren glücklich über unsere Entscheidung, machten sich aber auch Sorgen um die Auswirkungen auf meine Karriere. Wie immer. Als dann heute Nachmittag mein Handy klingelte und ich Millis Bild mit der Überschrift *‚Videoanruf'* sah, wurde der Tag noch besser. Sie war extra früher aufgestanden, damit wir länger telefonieren konnten. Da ich aber keine ruhige Ecke fand, telefonierte nicht nur ich, sondern gleich die ganze Band mit ihr. Nun waren alle restlos begeistert von meinem Mädchen und ich musste ihnen mehrmals klarmachen, dass sie nur *mein* Mädchen war! Immerhin sprachen William und Cooper schon von ‚*Liebe auf den ersten Blick*'. Bei dem Gespräch fanden wir auch heraus, dass sie noch nie einen von unseren Songs gehört hatte, was meine Bandkollegen allesamt verstehen konnten, denn ich Arschloch hatte ihr immerhin das Herz gebrochen. Verdammte Schleimer! Aber insgeheim hatte ich es mir schon so gedacht, denn wenn sie die Texte, in denen ich oft über sie und unsere Beziehung sang, gehört hätte, dann hätte sie sich vielleicht schon viel früher gemeldet. Ich sendete ihr also eine Datei mit all unseren Liedern und gab ihr die Hausaufgabe, diese bis zu unserem Konzert auswendig zu lernen.

***

Noch nie habe ich ein Konzert von uns mehr genossen. Jedes Lied sang und spielte ich mit voller Überzeugung, mit vollem Gefühl, voller Liebe. Milli ging mir die ganzen vier Stunden nicht aus dem Kopf und ich hatte mehrmals das Gefühl, dass sie vor mir stehen und mitsingen würde. Ich konnte es kaum erwarten, sie endlich bei mir zu haben, doch wenn jeder Tag so laufen sollte, wie der heutige, würde ich es bis dahin aushalten!

Sekunden wie Stunden, Minuten wie Jahre!

Emilia

Ich war mir im Klaren darüber, dass Liam noch immer so verrückt war, wie vor zehn Jahren, aber das seine Bandkollegen genauso bescheuert waren, hätte ich nicht gedacht. Wir führten ein ziemlich lustiges Gespräch, das allen, außer Liam, sehr gut gefiel. Mehrfach musste er vor seinen Bandkollegen klarstellen, dass ich *sein* Mädchen war.

Nachdem ich mich für die Arbeit umgezogen hatte, setzte ich mich in mein Auto, schloss mein Handy an das Radio an und wählte den ersten Song der Playlist, die Liam mir geschickt hatte. Er hieß ‚*why did you do this to me?*‘ und handelte von einem Mann, der enttäuscht und verletzt wurde. Schon bei dem ersten Song konnte ich ganz klar und deutlich raushören, dass er über uns sang, und musste zugeben, dass, wenn ich ihn früher gehört hätte, wohl niemals zehn Jahre Funkstille geherrscht hätten. Die Melodie war ziemlich rockig, trotzdem harmonierte sie perfekt zu der weichen, tiefen Stimme, die mir eine dicke Gänsehaut bescherte. Als Nächstes spielte der Song ‚*can't stand the pain*‘, der, trotz seines harten Textes, zum Tanzen anregte. Als ich bei der Arbeit ankam, wollte ich gerade mein Radio ausschalten, als nur Liams bassige Stimme ertönte. Ohne Gitarre, ohne Schlagzeug, ohne alles. Einfach nur seine unvergleichlich schöne Stimme. Es waren die ersten Töne von ‚*i´m nothing without you*‘, dem Lied, das er bei seinem Konzert nur für mich singen wollte. Ich blieb sitzen, denn ich konnte mich keinen Millimeter bewegen. Der Text, seine Stimme ... einfach alles hielt mich in dem Moment fest. Er sang darüber, wie sehr er alles an mir vermisst. Meine Haare, meine Augen, meinen Mund, meinen Körper. Meine Art zu lachen, meinen süßen Duft, meine engelsgleiche Stimme, meinen Blick, nachdem wir uns küssten. Wie sehr er mich doch lieben und gleichzeitig hassen würde. Dass er einfach nichts ohne mich ist und auch niemals wieder jemand sein würde, solange ich nicht bei ihm bin. Sofort schossen mir Tränen in die Augen, die ich versuchte wegzublinzeln. Wie konnte das nur alles passieren? Er schien all die Jahre genauso gebrochen gewesen zu sein, wie ich. Und das alles nur, wegen eines nicht angekommenen Briefes und ein paar verpassten Anrufen?

Ich wischte die Tränen weg, die sich heimlich aus meinen Augenwinkeln geschlichen hatte, und betrat das Altenheim. Auch, wenn mich der Gedanke an die verschenkten Jahre traurig stimmte; das hier und jetzt zählte. Und so schnell sollte uns nichts mehr trennen!

***

Die Tage vergingen wie im Flug. Noch vor einer Woche dachte ich, dass die Zeit nur schleichend vorbeiging, doch die Tage waren so vollgestopft, dass sie an mir vorbeizogen. Es hatte sich mittlerweile eine Routine eingeschlichen, die jeden Tag perfekt machte. Morgens ein Videoanruf von Liam, zwischendurch ein paar Nachrichten, nachmittags der Weckanruf, damit wir noch ein paar Minuten telefonieren konnten. Das erste Mal nach Jahren wachte ich jeden Morgen mit einem Lächeln im Gesicht auf. Ich dachte, dass mich nichts und niemand auf der Welt runterziehen könnte, bis ich eines Morgens auf die Arbeit kam und es Gerdi immer schlechter ging. Ich hatte das Gefühl, je besser es mir ging, desto schlechter war sie dran und das zerfraß mich innerlich.

»Hallo, Gerdi. Wie geht es dir heute?«, ich setzte mich neben sie auf ihr Bett und legte ihr einen ihrer liebsten Kekse auf den Nachttisch. Dort lagen nun vier Stück, denn sie hatte die letzten drei Tagen keinen davon gegessen.

»Kind, wenn ich dich so glücklich sehe, geht es mir sofort besser! Habt ihr heute Morgen wieder telefoniert?«

»Ja, wie jeden Morgen.«

»Und was hat er dir erzählt?«

»Er hat von dem traumhaften Wetter in Perth gesprochen und das er nächste Woche mit mir an den Strand möchte, von seinem vorerst letzten Konzert, das er heute spielen wird und er hat mir gesagt, dass er die paar Tage kaum noch aushalten kann, die er ohne mich verbringen muss!«, ein zartes Lächeln schmückte ihre Lippen und sie nahm meine Hand.

»Ich bin so froh, dass ihr wieder zueinandergefunden habt!«

»Das haben wir nur dank dir, Gerdi!«, jetzt war es an mir, ihre Hand zu drücken.

»Weißt du, Emmi, man sollte immer an die wahre Liebe glauben, denn sie stirbt nie aus. So, wie ihr euch aus den Augen verloren habt, habe ich meinen Mann vor 13 Jahren verloren. Und so, wie ihr euch in den nächsten Tagen wiedersehen werdet, so werde auch ich meinen Peter wiedersehen. Denn ich weiß, dass er schon ungeduldig auf mich wartet. Warten war noch nie seine Stärke!«, sie musste bei ihren Worten schmunzeln, doch mir kamen die Tränen. Sie bereitete sich schon auf den Tod vor.

»Ich hoffe, du lässt deinen Mann noch etwas länger warte, denn ich brauche dich hier. Was soll ich denn ohne unsere morgendlichen Gespräche machen? Jeder Tag würde schon schlecht beginnen!«

»Kind, mach dir darüber keine Sorgen! Ich werde immer bei dir sein! Hier ...«, sie legte mir ihre Hand an den Kopf »... und hier!«, nun legte sie mir die Hand auf mein Herz. Ich konnte meine Tränen nicht mehr zurückhalten und ließ sie einfach die Wange herabfließen.

»Ich hoffe für dich, dass das jetzt nicht der Abschied war, Gerdi!«

»Nein, Kind, ich bleibe noch etwas bei dir! Du musst ja schließlich jemanden haben, der dir deine Zeit versüßt, bis es dein Süßer machen kann!«

»Ich hab dich lieb!«

»Ich hab dich auch lieb, Emmi!«, noch immer weinend küsste ich sie auf die Wange und stand auf, um mit meiner Arbeit zu beginnen. Auf dem Weg in Frau Schnellenbachs Zimmer, tippte ich noch eine Nachricht an Liam.

Emilia: Gerdi geht es immer schlechter und ich glaube, dass sie nicht mehr lange Zeit hat. Ich kann einfach nicht zu dir kommen, wenn die Möglichkeit besteht, dass sie in meinem Urlaub stirbt. Ich muss bei ihr sein. Ich hoffe, du verstehst das!

Nur nach wenigen Sekunden bekam ich eine Nachricht.

Liam: Du musst da nicht alleine durch, Milli. Warten wir erst einmal ab. Wenn es ihr bis Sonntag nicht bessergeht, komme ich zu dir!

Emilia: Das würdest du für mich tun?

Liam: Ich würde ALLES für dich tun! Außerdem weiß ich doch, wie sehr du deinen Lieblingshamster liebst! Bestell ihr schöne Grüße von mir und melde dich, falls etwas ist. Ich werde mein Handy die ganze Zeit bei mir tragen.

Emilia: Danke, Liam. Dass alles bedeutet mir so viel ... DU bedeutest mir so viel!

Liam: Glaub mir, du bedeutest mir mehr!

Froh über seine Worte betrat ich Frau Schnellenbachs Zimmer und begann mit den Übungen. Ich konnte mich kaum auf etwas konzentrieren, denn Gerdis Worte spukten in meinem Kopf umher. Ob sie merkte, dass sie nicht mehr lange zu leben hat? Ich musste auf andere Gedanken kommen und versuchte mich an die Liedtexte von den *Outsiders* zu erinnern, denn immerhin musste ich diese bis in der nächsten Woche auswendig kennen. Problematisch war nur, dass ich meistens immer wieder dasselbe Lied hörte. Denn ‚*i´m nothing without you*' war zu schön, um es sich nicht mehrmals am Tag anzuhören.

Der Arbeitstag ging schnell vorbei. Kurz vor Feierabend setzte ich mich noch an Gerdis Bett und schaute ihr ein paar Minuten beim Schlafen zu. Gerne hätte ich noch mit ihr gesprochen, doch ich wollte sie nicht wecken. Bevor ich nach Hause fuhr, klopfte ich noch bei meiner Chefin an und bat sie, mich zu informieren, falls etwas mit Gerdi sein sollte. Egal ob Tag oder Nacht. Doch das der Anruf so schnell kommen sollte, hätte ich nicht gedacht ...

Wie das Leben so spielt…
Liam

Seit der Pressekonferenz überschlugen sich die Medien mit Berichten über mich und die Band. Alle hatten nur ein Ziel; rausfinden, wer die Frau in meinem Leben war. Ständig wurden wir von Paparazzos verfolgt, doch sie erwischten mich immer nur alleine. Auch die Frauenwelt schien vollkommen verrückt zu spielen. Seit sie wussten, dass ich in festen Händen war, wollten sie mich noch mehr. Schon nach unserem ersten Konzert mussten mir die Bodyguards massenweise Frauen vom Hals halten. Während die Jungs sich Gespielinnen für die Nacht aussuchten, ging ich geradewegs in unseren Tourbus, der uns in das gebuchte Hotel bringen sollte. Die meisten Frauen sahen mir enttäuscht hinterher, doch schon nach wenigen Sekunden, in denen sie realisierten, dass ich nicht der Einzige in der Band war, schmissen sie sich an meine Kollegen. Wahrscheinlich eh nur, um mich dann im Tourbus anzubaggern. So lief es meistens. Schon vor langer Zeit hatten Cooper, William und Ethan akzeptiert, das ich im Vordergrund stand, und das nicht nur auf der Bühne.

Als meine Jungs mit drei aufreizend gekleideten Weibern den Bus betraten, lag ich schon auf einem der Sofas und schrieb eine Nachricht an Milli. Sie dürfte schon zu Hause sein, und wenn ich glück hatte, konnten wir ein paar Minuten telefonieren.

Da Milli mir noch nicht zurückgeschrieben hatte, setzte ich mich auf und beobachtete schmunzelnd meine Bandkollegen. Ethan saß auf einem der Sessel, Tussi Nummer 1 saß rittlings auf ihm und steckte ihm, auf ziemlich unerotische Art und Weise, die Zunge in den Hals. William hatte sich schon mit Tussi Nummer 2 auf die Toilette verzogen, denn er wollte, seit dem Vorfall mit den betrunkenen Nacktbildern, nie wieder jemanden mit auf sein Zimmer nehmen. Und Tussi Nummer 3? Die lag mit Cooper auf dem zweiten Sofa und sah mich die ganze Zeit an, während er ihren Hals mit Küssen übersäte.
»Hey Liam, möchtest du nicht mitmachen?«, sie verzog ihr Gesicht zu einem schiefen Lächeln, was sie aber keinesfalls verruchter oder erotischer machte. Lachend stand ich auf, ging auf die beiden zu und sah schon den Hoffnungsschimmer in ihren Augen aufblitzen. Ich nahm mir eine Flasche Bier, die direkt im Kühlschrank neben dem Sofa stand, und machte mich auf den Weg zur Fahrerkabine. In der Tür drehte ich mich zu den beiden um.
»Glaub mir, Kleines, du wirst schon genug mit ihm alleine zu tun haben!«, ich zwinkerte ihr zu und in dem Moment biss Cooper ihr fest in die Schulter, um zu unterstreichen, was ich damit meinte. Mit ihrem lauten Aufschrei verabschiedete ich mich und setzte

mich neben unseren Fahrer. Kurz darauf erhielt ich eine Nachricht.

Emilia: Leider kann ich erst in etwa einer halben Stunde telefonieren, da ich noch mit deiner Großmutter einkaufen bin. Sie trödelt wieder mal.

Liam: So kennt man sie! Gib ihr einen dicken Kuss von mir und sag ihr, sie soll mein Mädchen nicht so lange aufhalten.

Als ich die Musik lauter drehte, um mir nicht das vorgetäuschte Gestöhne von Tussi Nummer 2 anhören zu müssen, lehnte ich mich nach hinten in den Sitz und schaute dabei zu, wie Häuser, Lichter und Menschen an uns vorbeirauschten. So wie alles in den letzten Jahren, konnte man die Dinge nur einen kurzen Augenblick genießen, bevor sie auf ewig verschwanden.
Nur zehn Minuten später hielten wir am Hinterausgang des Hotels an, das wir sofort betraten. Ethan und Tussi Nummer 1 noch immer knutschend, Cooper alleine, da sich Tussi Nummer 3 verabschiedete, nachdem sie erfuhr, was er mit ihr vorhatte. Auch William war inzwischen wieder alleine. Zu dritt setzten wir uns noch an die Theke, tranken ein Bier und plauderten über irgendeinen sinnlosen Scheiß, bis wir uns auf unsere Zimmer verzogen. Grade, als ich mich frisch geduscht auf das große Bett fallen ließ, klingelte mein Handy.

»Hallo, schöne Frau!«

»Hallo, schöner Mann! Es tut gut, dich nicht geweckt zu haben!«

»Du weißt doch, dass es mir auch sonst nichts ausmacht!«, das ich nach unseren nächtlichen Gesprächen nie schnell schlaf fand, weil ich ununterbrochen nur an sie dachte, musste sie ja nicht wissen.

»Wie war euer Konzert?«

»Großartig! Ich konnte meine Lieder noch nie mit einer solchen Überzeugung singen, wie heute Abend, und ich glaube, das haben auch die Fans gemerkt. Du hast jetzt schon einen positiven Einfluss auf mich! Wie war die Arbeit?«

»Stressig, wie immer. Gerdi geht es nicht so gut, was mir gleichzeitig auch noch zusetzt. Ich hoffe, dass sie sich schnell wieder fasst.«

»Das hoffe ich auch! Wünsch ihr gute Besserung von mir. Hast du denn schon in unsere Songs reingehört?«

»Ja, sie laufen seit heute Morgen rauf und runter. Ich wünschte nur, dass ich schon früher einmal reingehört hätte!«

»Das habe ich mir auch gewünscht, denn insgeheim habe ich jedes Lied nur geschrieben, damit es dich erreicht. Trotzdem können wir die Vergangenheit nicht ändern, wir können es nur in der Zukunft besser machen!«

»Hast du gerade deine Oma zitiert? Das sagt sie ständig!«

»Erwischt!«, sie musste kichern und mein Herz klopfte deutlich schneller. Ihr strahlendes Lächeln raubte mir jedes Mal die Luft.

»Ich habe übrigens deiner Oma versprochen, mit ihr zusammen zu kochen, daher muss ich mich schon verabschieden.«

»Habe ich dir schon gesagt, dass du zu gut für diese Welt bist?«

»Liam, ich mache das doch gerne! Außerdem bringt sie mir so viel bei; das lernt man in keiner Kochschule!«

»Dann pass gut auf, denn du musst den Rest unseres Lebens für mich kochen!«

»Du Macho!«

»Aber ein verdammt gut Aussehender!«, wir fingen beide an zu Lachen und Milli schüttelte verzweifelt ihren wunderschönen Kopf.

»Womit habe ich das nur verdient?«

»Glaub mir, Milli, du hast mich verdient. Denn ich werde dir jeden Tag den Himmel auf Erden bereiten!«

»Es reicht schon, wenn du einfach erst einmal in meiner Nähe bist! Schlaf gut, mein gut aussehender Macho!«

»Guten Hunger und grüß meine Oma ganz lieb, meine bezaubernde Köchin!«

Wieder schenkten wir uns Küsse über die Kamera und legten auf. Ich konnte es kaum noch abwarten, endlich ihre warmen Lippen auf meinen zu spüren. Und mit diesem Gedanken versank ich in meinen Träumen.

***

Das letzte Konzert vor Millis Anreise konnte ich nicht genießen. Der bittere Beigeschmack, dass Gerdi in den nächsten Tagen abtreten könnte, ließ mir keinen klaren Gedanken. Immerhin wollte ich die Frau, der wir so viel zu verdanken hatten, gerne persönlich kennenlernen. Milli sprach stets in den höchsten Tönen von ihr. Sie kannte ihre ganze Lebensgeschichte und betrachtete Gerdi nicht nur als Bewohnerin des Heims, in dem sie arbeitete, sondern als Freundin.

Mittlerweile saßen wir schon seit zwei Stunden im Tourbus und fuhren Richtung Heimat. Da unser Konzert nur drei Stunden von dort entfernt war, verzichteten wir auf ein Hotel. William, Cooper und Ethan schliefen und schnarchten um die Wette, doch ich fand keinen Schlaf. Noch immer hatte ich nichts von Milli gehört, obwohl sie schon seit mehreren Stunden Feierabend hatte. Auch, wenn ich mir große Sorgen um sie machte, wollte ich sie nicht anrufen. Denn ich hatte im Gefühl, dass etwas mit Gerdi nicht stimmte und sie sich deshalb nicht meldete.

Als ich mich endlich vollkommen übermüdet in mein Bett fallen ließ, klingelte mein Handy. Sofort gingen bei mir die Alarmglocken an, denn es war kein Videoanruf.

»Milli?«

»*Liam! Gerdi ... sie ist ... tot!*«, Milli schluchzte so verzweifelt und traurig ins Telefon, das ich mir nichts anderes wünschte, als sie in meine Arme zu schließen.

»Verdammt, Milli, das tut mir leid! Wie konnte das so schnell passieren? Warst du bei ihr?«

»Ich wusste schon heute Morgen, dass sie sich längst mit dem Gedanken zu sterben angefreundet hat, aber dass es so schnell geht, damit habe ich nicht gerechnet. Meine Chefin hat mich angerufen und ich bin sofort hingefahren. Als ich ankam, hatten wir nur noch wenige Minuten miteinander. Liam, ich weiß nicht, wie ich das ertragen soll!«
»Milli, Schatz, ganz ruhig. Alles wird gut, verstanden?«
»Bist du mir böse, wenn ich erst einmal etwas Zeit für mich brauche? Ich bin so schrecklich Müde!«
»Ich könnte dir nie böse sein! Leg dich hin und schließ deine Augen. Wenn etwas ist, ich bin für dich da! Milli?«
»Ja?«
»Ich ... ich vermisse dich!«
»Ich vermisse dich auch!«
»Bis bald!«

Ich legte auf und dachte kurz über meine Möglichkeiten nach. Ich konnte Milli in dieser Lage einfach nicht alleine lassen. Sofort rief ich meinen Manager an, der nach nur einem Klingeln sofort ranging, und bat ihn um Hilfe.

Freud und Leid
Emilia

Kurz, nachdem meine Nachhilfeschülerin gegangen war, erhielt ich den Anruf, der alles veränderte. Sofort setzte ich mich in mein Auto und fuhr zum Altenheim. Wie konnte das alles so schnell passieren? Noch heute Morgen sagte sie zu mir, dass es noch nicht der Abschied sein sollte. Und jetzt? Jetzt ruft meine Chefin mich an, um mir zu sagen, dass Gerdi mich unbedingt sehen wollte. Doch ich wusste, dass sie mich nicht nur sehen wollte; sie wollte sich verabschieden. Dieses Mal richtig.

Als ich schwer atmend an Gerdis Zimmer ankam, klopfte ich leise und trat ein. Sie lag in ihrem Bett und versuchte sich an einem Lächeln. Ich begrüßte meine Chefin und den Pfleger, der in der heutigen Spätschicht arbeitete, setzte mich dann an ihr Bett und nahm ihre Hand.
»Emmi, mein Kind! Du bist da!«, ihre Stimme klang dünn und man merkte ihr an, dass sie alle Kraft aufwenden musste, um gefasst zu klingen.
»Natürlich bin ich da!«, sie wendete sich zu meiner Chefin und bat sie, uns für einen Augenblick alleine zu lassen. Als sie und der Pfleger den Raum verließen, sah sie mich eindringlich an.

»Kind, denk bitte immer an die Worte, die ich dir heute Morgen gesagt habe. Ich bin immer bei dir.«

Die Tränen brannten wie Feuer in meinen Augen und ich hatte keine Kraft mehr, um sie zurückzuhalten. Sofort legte sie ihre zitternde Hand an meine Wange und wischte sie weg.

»Du sollst nicht wegen einer alten Frau weinen, mein Kind.«

»Ich weine nicht wegen einer alten Frau, sondern wegen einer Freundin! Du wirst mir fehlen!«

»Ich verspreche dir, dass ich von da oben immer auf dich aufpassen werde! Kannst du mir auch etwas versprechen?«

»Alles!«

»In meiner Nachttischschublade liegen drei Briefe. Schick bitte den adressierten für mich weg und nimm die anderen beiden an dich.«

Ich öffnete die Schublade und nahm die Briefe heraus. Der erste Brief war an eine Frau Hannelore Kellner adressiert. Ich konnte mich daran erinnern, dass Gerdi öfters von ihr gesprochen hatte, denn sie war in der Schul- und Jugendzeit ihre beste Freundin. Sie zerstritten sich im fortgeschrittenen Alter und waren beide zu stur, um sich zu entschuldigen. Ich konnte mir also vorstellen, was in dem Brief stand und eine weitere Träne verließ meine Augen. Traurig darüber, dass nie eine von beiden früher diesen Schritt gemacht hatte, steckte ich mir den Brief in die Tasche und sah mir nie nächsten an. Es stand in wundervoll geschwungener Schrift *‚Emilia'* darauf. Ich nickte ihr zu und steckte ihn zu dem andern Brief. Auf dem letzten Brief stand in derselben Schrift ‚Liam' und ich sah sie fragend an.

»Ich habe geahnt, dass ich nicht mehr die Chance haben werde, ihn kennenzulernen. Kannst du ihm den Brief geben?«, ich nickte, schluchzte auf und beugte mich vor, um ihr eine Umarmung zu schenken.

»Ich werde dich vermissen!«

»Ich werde immer bei dir sein!«

Sie gähnte entkräftet auf und schloss für einen Moment die Augen. Als sie sie wieder öffnete, spürte ich, dass die Zeit gekommen war.

»Ich bin sehr müde, Emmi ...«

»Ich weiß ... schließ deine Augen und schlaf einen Moment, danach sehen wir uns wieder!«, ich lächelte sie aus tränenüberfluteten Augen an, was sie mit letzter Kraft erwiderte. Ich nahm mir noch einen Moment, bis ich aufstand, um meiner Chefin und dem Pfleger Bescheid zu geben, dass sie wieder eintreten konnten. Es dauerte noch eine ganze Zeit, bis wir ihre letzten Atemzüge vernommen, doch ich ließ in keiner dieser Minuten ihre Hand los. Von diesem Moment an nahm alles seinen normalen Lauf und ich blieb noch so lange, bis restlos alles geklärt war. Meine Chefin zog mich noch in eine tröstende Umarmung und sagte mir, dass ich mir die nächsten drei Tage, bis zu meinem geplanten Urlaub, auch noch freinehmen konnte. Ich bedankte mich bei ihr und sagte, dass ich gerne bei der Räumung von Gerdis Zimmer dabei wäre, denn sie hatte keine Familie, die sich darum kümmern sollte.

»Okay, dann sehen wir uns morgen. Und Emmi? Danke, dass du hier warst!«
Ich nickte ihr zu und fuhr nach Hause, brauchte nur noch Liam und mein Bett.

Am nächsten Morgen quälte ich mich aus dem Bett und fuhr auf die Arbeit. Ich nahm mir vor, Gerdis Zimmer zu räumen und danach wieder zurückzufahren. Ich hatte in der Nacht nicht viel Schlaf gefunden und konnte auch jetzt den Verlust noch nicht verarbeiten. Ihren Brief hatte ich auch noch nicht gelesen, dafür würde ich noch etwas Zeit brauchen. Vielleicht würde ich ihn zusammen mit Liam lesen, denn er könnte mir die nötige Kraft dafür geben. Ich fühlte mich etwas schlecht, da ich gestern Abend nur kurz mit ihm gesprochen hatte und auch, weil mein Handy noch immer aus war. Doch ich sagte ihm, dass ich etwas Zeit brauchte und ich wusste, dass er mir diese geben würde. Wäre er bei mir, sähe das natürlich ganz anders aus. Denn ich könnte mir nichts Schöneres vorstellen, als in seinen Armen meine Trauer zu verarbeiten. Meinen Schmerz von ihm wegküssen zu lassen. Doch das musste noch wenige Tage warten. Zu Hause angekommen legte ich mich sofort ins Bett und fand endlich für wenige Stunden Schlaf. Zwei Mal kamen meine Eltern zu mir, um zu fragen, wie es mir gehen würde und ob ich etwas essen wollte, doch ich bat sie jedes Mal, mich in Ruhe zu lassen. Auch, wenn das nicht grade nett war; ich brauchte einfach meine Zeit zum Trauern.

Als am späten Abend ein weiteres Mal meine Tür geöffnet wurde, drehte ich mich erst gar nicht um, sondern stöhnte nur genervt auf.

»Wie oft muss ich es denn noch sagen? Ich möchte gerne alleine sein!«, ich zog mir meine Decke über den Kopf und schmollte ein wenig, bis die Tür wieder geschlossen wurde. Doch es hörte sich nicht so an, als wäre ich alleine im Zimmer. Es raschelte und gerade, als ich die Decke von mir nehmen und mich rumdrehen wollte, merkte ich, wie meine Matratze nachgab. Ich erschrak, doch im nächsten Moment wurde ich von einem mir allzu bekannten Duft ummantelt und zwei große, starke Arme umschlossen meinen Körper; zogen mich ganz nah an eine warme, feste Brust.

»Liam ...«, unter Tränen brachte ich nicht mehr als seinen Namen hervor.

»Shhh ... ich bin da, Milli, ich bin bei dir!«, er gab mir einen Kuss auf den Scheitel und intensivierte die Umarmung erneut.

»Aber wie ...?«

»Meinst du etwa, ich lasse meine große Liebe alleine, wenn sie so schwere Zeiten durchmacht? Als du mich angerufen hast, habe ich mich sofort auf den Weg gemacht.«

Ich drehte mich in seinen Armen um und legte meine Hände an seine Brust; sah ihm tief in die Augen, die sich auf gleicher Höhe mit meinen befanden und die so viel Liebe ausstrahlten. Er legte seine Hand an meine Wange und strich mir mit seinem Daumen die Tränen weg, die andere hielt mich noch immer fest umschlossen.

»Ich verspreche dir, dass du ab heute nie wieder alleine sein wirst. Ich werde dich nie wieder, nicht nur eine Sekunde, aus den Augen lassen. Denn, dich noch ein einziges Mal zu verlieren, würde mich umbringen. Wenn ich gehe, dann nur noch mit dir. Ich liebe dich, Milli. Das habe ich immer und das werde ich auch immer.«

Mit großen Augen sah ich ihn an. Doch bevor ich etwas erwidern konnte, legte er seine Lippen ganz sanft auf meine. Fast schüchtern küssten wir uns, vergaßen die Welt um uns herum. Mein ganzer Körper kribbelte und mein Puls schlug im Takt der Liebe. Nur leicht bewegten sich unsere Lippen, kosteten den Moment voll aus. Nach viel zu kurzen, dafür aber wundervollen Minuten lösten wir uns atemlos voneinander und atmeten Stirn an Stirn zusammen durch.

»Du schmeckst noch immer nach Erdbeeren! Wie machst du das?«, wenn ich noch nicht Hals über Kopf in ihn verliebt wäre, würde es wahrscheinlich in diesem Moment passieren. Denn das atemberaubende Lächeln, welches auf seinen Lippen lag, war zum Niederknien. Ich musste es sofort erwidern.

»Erdbeereis mit Schokosoße. Immer noch meine Geheimwaffe gegen Traurigkeit.«

»Und? Hat es geholfen?«

»Nicht so gut wie deine Nähe!«, sein Lächeln wurde breiter und ich ließ es mir nicht nehmen, meinen Mund wieder mit seinem zu verschließen. Nicht mehr so sanft wie zu Beginn, dafür umso leidenschaftlicher, küssten wir uns bis zur Atemlosigkeit. Wir

kuschelten uns eng aneinander und genossen den Augenblick. Darauf hatten wir so lange gewartet. Irgendwann, kurz bevor wir beide einschliefen, durchbrach ich die Stille durch mein Flüstern.
»Liam?«
»Ja?«
»Ich liebe dich auch!«, glücklich und mit feuchten Augen, gab er mir einen festen, liebenden Kuss, bevor wir gemeinsam in das Reich der Träume segelten.

Glücklich steht uns gut!
Liam

Noch nie hatte ich besser geschlafen, wie in der letzten Nacht. Millis warmer, perfekter Körper in meinen Armen, ihr Atem, der bei jedem Atemzug meinen Hals streifte und ihr Herzschlag, den ich an meinem ganzen Körper spürte. Ich öffnete meine Augen und sah in ihr wunderschönes Gesicht. Immer wieder fragte ich mich, wie ein Mensch nur so schön sein konnte. So besonders.

Als ich sie beim Schlafen beobachtete und sanft ihren Rücken kraulte, wusste ich, dass ich die richtige Entscheidung getroffen hatte. Als ich nach unserem Telefonat meinen Manager anrief, war er sofort voll und ganz bei der Sache. Er setzte alles daran, mich so schnell wie möglich nach Deutschland zu bringen, und hatte schon wenige Minuten später einen Flug gebucht. Ich packte ein paar Sachen ein, die mir grade in die Hand fielen, verabschiedete mich kurz von Ethan und eilte zu dem Taxi, das mich zu dem nächsten Flughafen bringen sollte. Schon zwei Stunden darauf saß ich im Flieger, nur ein Stopp und wenige Stunden sollten mich noch von meiner traurigen Liebe trennen. Die ersten Stunden verschlief ich einfach, da ich die ganze Nacht noch keinen Schlaf bekommen hatte. Als ich dann zuletzt öfters versuchte, Milli zu erreichen, war an Schlaf nicht mehr zu denken. Denn sie hatte ihr Handy noch immer ausgeschaltet. Für mich noch ein Grund mehr, schnell zu ihr zu kommen. Nach der Landung musste ich, dank dem Service der ersten Klasse, nicht lange warten und konnte mich sofort auf den Weg machen. Zum Glück erkannte der Taxifahrer mich nicht und ich konnte unentdeckt zu ihr chauffiert werden. Als ich bei Milli klingelte und ihre Mutter mir die Tür öffnete, musste ich mir ein Schmunzeln verkneifen. Ihr Blick war zu göttlich, denn niemals hätte sie mich davor erwartet. Ich fragte sie, ob Milli da sei, was sie zum Glück bejahte. Ich ließ sie verdutzt stehen und eilte zu meinem Mädchen, das mich so dringend brauchte.

Als ich die Tür öffnete, war es, als würde ich endlich nach Hause kommen.

Niemand außer ihr konnte mir dieses Gefühl vermitteln. Ich ignorierte gekonnt ihre Proteste, denn wenn sie wüsste, wer in ihrem Zimmer stand, hätte sie sicherlich anders reagiert. Schnell zog ich mir Jacke und Schuhe aus, schlich leise zu ihrem Bett und legte mich neben sie. Sofort stieg mir ihr süßer Duft in die Nase, von dem ich nie genug bekam, und als ich sie dann noch in meine Arme zog, war ich der glücklichste Mensch dieser Erde. In diesem Moment hätte ich meine Karriere, mein Geld, meine ganze verdammte Welt, einfach alles, gegen sie eingetauscht.

»Du beobachtest mich.«

Ertappt zuckte ich zusammen. Sie hatte noch immer ihre Augen geschlossen, aber schon von Kindertagen an, konnten wir spüren, wenn der andere einen ansah. Ich legte die noch immer kraulende Hand in ihren Nacken und zog sie in einen liebevollen Kuss, auf den ich mich schon den ganzen Morgen freute.

»Guten Morgen, meine Schönheit! Wie hast du geschlafen?«

»Ganz ehrlich? Ich finde es ganz furchtbar, das so kurz nach Gerdis Tod zu sagen, aber ich habe noch nie besser geschlafen!«

»Geht mir genauso.«

Sie öffnete ihre Augen, sah mich verliebt an und meine Mundwinkel schossen sofort nach oben. Wie konnte ich es nur all die Jahre ohne sie aushalten? Sie kuschelte sich noch näher an mich ran und sah plötzlich entsetzt zu mir auf.

»Hast du etwa in Shirt und Jeans geschlafen?«, sie hob die Decke an und schaute an mir herab.

»Du hast ja sogar noch deine Socken an!«, gleichzeitig prusteten wir los.

»Meine Prioritäten lagen gestern woanders!«, schnell zog ich sie wieder in meine Arme und roch an ihren nach Pfirsich duftenden Haaren. Wie oft ich all die Jahre diesen Duft in meiner Nase hatte, konnte ich nicht sagen, und wie oft ich Frauen abgewiesen hatte, die so ähnlich dufteten, wusste ich auch nicht mehr. Sie bestimmte schon immer mein Leben, ob sie anwesend war oder nicht.

»Ich kann es noch gar nicht glauben, dass du hier bei mir bist. Ich habe mir die letzten

Stunden nichts Anderes gewünscht und auf einmal liegst du neben mir! Träume ich?«

»Nein, du träumst nicht. Soll ich dich zwicken?«, sofort fing ich an, ihr in die Seite zu zwicken und sie zu kitzeln.

»Hör auf! Das ist unfair! Du bist viel stärker! Ich glaube dir ja!«

»Siehst du, alles real! Obwohl ich mir sehr gut vorstellen kann, wie du nachts hier liegst, von mir träumst und dich im Schlaf berührst …«

»Liam!«

»Ist ja schon gut! … Habe ich denn recht?«

»Wer weiß …?«, sie lächelte mich lasziv an und kaute auf ihrer Unterlippe, was mir sofort einen schmerzenden Ständer einbrachte. Ich drehte mich etwas zur Seite, damit sie nicht direkt spürte, wie erregt ich war. So sehr ich sie auch wollte; ich musste ihr Zeit geben. In ihrer seelischen Verfassung wollte ich nicht, dass sie sich auf etwas einlässt, was sie im Nachhinein bereut und was unsere Beziehung schädigen könnte. Schnell musste ich an etwas Anderes denken. Williams ‚Hotelficknacktbilder' sollten helfen!

»Hexe!«

»Was denn? Ich habe nichts getan!«, mit unschuldiger Miene sah sie mich an und verzog ihren Mund zu einer zuckersüßen Schnute, in die ich mich sofort aufs Neue verliebte.

»Das weißt du ganz genau! Was sagst du? Sollen wir aufstehen, uns frisch machen und dann etwas frühstücken? Ich würde auch gerne rüber zu meiner Großmutter gehen,

denn wenn sie von jemand anderem erfährt, dass ich hier bin, macht sie uns beiden die Hölle heiß!«
»Eine sehr gute Idee! Willst du zuerst duschen? Dann kannst du schon zu deiner Oma gehen, während ich mich frisch mache!«, ich stimmte ihr zu, küsste sie noch ausgiebig, da wir uns die nächsten zehn Minuten nicht sehen würden, nahm meine Tasche und ging ins Bad. Selbst unter der Dusche bekam ich das verdammte Grinsen nicht aus meinem Gesicht. So glücklich kannte ich mich überhaupt nicht mehr, aber ich hoffte, dass es sich niemals mehr ändern würde.
Als ich mich frisch gemacht und angezogen hatte, öffnete ich die Tür, vor der Milli mit erhobener Hand stand.
»Heilige Scheiße! Milli!«
»Ich wollte gerade Klopfen. Ich muss mal ganz dringend!«
»Du hast mich vielleicht erschrocken! Ich bin sowieso schon fertig. Kommst du gleich rüber zu meiner Oma?«, sie nickte, gab mir einen leider viel zu kurzen, flüchtigen Kuss und verschloss die Tür hinter sich.

***

»Liam! Was machst du denn hier?«
»Überraschung! Damit hättest du nicht gerechnet, was?«
»Niemals!«, sie streckte ihre Arme aus und umarmte mich herzlich.

»Komm rein, Bub. Wie geht es dir?«, wir gingen in die Küche und setzten uns an den Tisch.

»Es könnte mir nicht besser gehen, Oma!«

»Das glaube ich dir aufs Wort! Ich habe dich seit Jahren nicht so strahlen sehen. Das steht dir übrigens unheimlich gut.«

»Ja, glücklich sein steht mir gut!«

»Das hat aber ganz sicher nichts mit deiner alten Oma zu tun, oder?«

»Natürlich! Ich freue mich riesig dich zu sehen! Aber eigentlich …«, ich konnte den Satz nicht beenden, da es an der Tür klingelte und da es Milli sein dürfte, ging ich an die Tür.

»Hallo, schönste Frau auf Erden!«, ich zog sie zu mir und küsste sie, als hätten wir uns weitere zehn Jahre nicht gesehen.

»Hallo, größter Schleimer auf Erden!«

»Nicht so frech, mein Schatz, sonst bekommst du Ärger mit Oma!«

»Wer bekommt hier Ärger mit mir?«, meine Großmutter stand plötzlich hinter uns und erstarrte kurz, als sie uns eng umschlungen und extrem glücklich sah.

»Emmi! Liam! Euch so zu sehen, dass ist …«, sie kam nicht weiter, da sie laut schluchzte und uns in die Arme fiel. Auch Milli standen, trotz breitem Lächeln auf dem Gesicht, Tränen in den Augen.

»Jetzt weißt du auch, warum es mir so verdammt gut geht!«

»Jahrelang habe ich auf diesen Moment gewartet! Es tut gut euch so zu sehen!«, sie gab erst Milli, dann mir einen Kuss auf die Wange und strich sich mit dem Handrücken die Tränen aus den Augen. Auch Milli musste ihre Tränen wegblinzeln und sah mir verliebt in die Augen.

»Jetzt haben wir uns ja endlich wieder!«, glücklich über ihren ehrlichen Satz, nahm ich ihr Gesicht in beide Hände und küsste sie so sanft und intensiv, wie ich nur konnte. Ihre weichen Lippen schlossen sich warm um meine und passten sich sofort dem angegebenen Takt an.

»Für immer!«, meine Worte ließen sie lächeln und ich grade, als ich diese einladenden Lippen wieder küssen wollte, räusperte sich meine Großmutter, die noch immer neben uns stand.

»Ich möchte euch wirklich ungern unterbrechen, aber ich bin so gespannt auf eure Geschichte! Habt ihr schon gefrühstückt?«

»Nein, das haben wir noch vor uns!«

»Gut, dann ab mit euch in die Küche, ich mache euch etwas!«

Der Küchentisch war reichlich gedeckt, der Kaffee roch großartig und die Frau, die vor mir saß, könnte nicht schöner sein. Nachdem Milli mit meiner Oma zusammen das Frühstück vorbereitete und ich die kaputte Spüle repariert hatte, begannen wir endlich mit dem Essen. Da mein Magen schon laut vor sich hin knurrte, wurde es langsam Zeit. Natürlich wollte meine Großmutter alles bis ins noch so kleine Detail wissen und so erzählten wir immer abwechselnd von früher und den letzten Wochen. Des Öfteren wischte sie sich eine Träne von ihrer Wange, doch sie unterbrach uns nie. Als wir bei Gerdis tot, meiner absolut genialen Idee Milli zu überraschen und dem heutigen Morgen angekommen waren, seufzte sie, doch schien nicht glücklich zu sein. Irgendetwas beschäftigte sie und es machte den Anschein, als störte sie etwas an unserer Geschichte. Auch Milli sah erst sie, danach mich fragend an. Ich zuckte nur mit den Schultern und nahm ihre Hand.

»Elisa, stimmt etwas nicht?«, Milli fragte vorsichtig, doch sie sprang sofort auf und ging zu ihrer Kaffeemaschine.

»Nein, Emmi, alles ist gut! Ich bin nur ziemlich gerührt von euren Erzählungen!", wieder wischte sie sich eine Träne fort, doch sie sah dabei nicht gerührt, sondern traurig aus.

»Möchtet ihr auch noch eine Tasse?«

»Gerne!«, sie schenkte uns nach und füllte auch ihre Tasse, setzte sich danach wieder zu uns.

»Und, Kinder, wie soll es jetzt weiter gehen?«

»Nach Gerdis Beerdigung packen wir unsere Koffer und fliegen Sonntagmorgen nach Perth. Was genau wir da machen, kann ich dir noch nicht sagen, aber eins steht fest: ich werde sie keine Sekunde davon loslassen!«

»Versprichst du mir das?«, nun nahm sie meine Hand und schaute mich hoffnungsvoll mit ihren großen, grauen Augen an.

»Ja, Oma, das verspreche ich dir!«, sie atmete laut durch und wechselte prompt das Thema. Wir saßen noch eine Stunde bei ihr, ehe wir wieder zurück in ihre Wohnung gingen und uns gemeinsam auf ihr großes Sofa kuschelten.

»Weißt du, warum Elisa eben so komisch geworden ist?«

»Ich habe keine Ahnung! Es war, als würde sie sich überhaupt nicht mehr für uns freuen! Dabei war sie doch am Anfang so glücklich, uns zusammen zu sehen ...«, ich vergrub meine Nase in ihren Haaren und nahm einen tiefen Zug, der mich sofort beruhigte. Alles an ihr war die pure Entspannung für mich.

»Auch danach konnte sie die Augen nicht von uns lassen und ihr Blick, als wir uns küssten, hätte nicht glücklicher sein können!«

»Vielleicht sollten wir sie später noch mal darauf ansprechen?«, ich beendete die Frage mit einem ausgedehnt langen Gähnen und streckte mich ihr entgegen, um sie danach noch viel näher an mich zu ziehen.

»Gute Idee! Aber ich denke, wir sollten erst noch ein wenig schlafen.«

Sie hatte den Satz noch nicht ganz ausgesprochen, als auch sie ihre Müdigkeit durch ein Gähnen offenbarte. Nachdem ich eine Decke über uns ausgebreitet hatte, kuschelte sie sich noch näher an meine Brust und schloss die Augen. Nach wenigen Minuten, in denen ich sie einfach nur ansah, schlummerte auch ich dahin.

»Liam?«, das Flüstern meines Namens riss mich aus dem Schlaf. Ich öffnete langsam die Lider und blickte in die schönsten Augen des verdammten Universums.

»Bist du wach?«, zart küsste sie meine Lippen und sofort war ich hellwach.

»Was ist denn los, schöne Frau?«

»Ich ... ehm ... müsste mal auf die Toilette!«

»Und dafür weckst du mich?«, ich musste schmunzeln, da ihr verschämter und gleichzeitig trotziger Blick unglaublich süß war.

»Ich würde ja einfach aufstehen, aber deine Arme wollen mich nicht gehen lassen!«

Sie hatte recht. Meine Arme umschlungen sie so fest, dass sie sich nicht alleine daraus befreien konnte.

»Jedes Mal, wenn ich versucht habe, irgendwie zu entkommen, hast du mich nur noch fester an dich gedrückt!«

»Sehr gut! Dann muss ich mir wenigstens keine Sorgen machen, dass du irgendwann im Schlaf abhaust!«

»Liam! Ich muss wirklich dringend!«, ich wollte sie grade gehen lassen, doch ließ es mir nicht nehmen, sie noch einen kurzen Augenblick zu ärgern. Ich löste einen Arm, doch hielt sie mit dem anderen weiterhin fest. Als ich mir dann mit dem Zeigefinger auf die Wange tippte, da ich einen Kuss darauf wollte, kam sie dem sofort nach. Auch auf die Stirn und auf die Nase ließ ich sie mich noch küssen, bis es ihr zu bunt wurde und sie mir in mein Kinn biss. Daraufhin erlöste ich sie, damit sie sich erlösen konnte.

Wenige Minuten später schmiss sie sich mit Anlauf neben mich auf das Sofa.

»Na, sind wir jetzt wieder gut gelaunt?«

»Kommt auf die weitere Tagesplanung an!«

»Wie wäre es, wenn wir ein bisschen spazieren gehen? Ich kenne da einen Felsen, der unbedingt noch mal besucht werden möchte!«, sie stimmte mir sofort zu, sprang auf und zog mich auf die Beine. Nach wenigen Momenten machten wir uns Hand in Hand auf den Weg.

Briefe, Träume, Seifenblasen
Emilia

Zufrieden und mit einer Menge Schmetterlingen im Bauch saßen wir auf unserem Felsen. Ich saß zwischen Liams Beinen, sodass ich seine Brust als Lehne benutzen und er seine Arme um mich legen konnte. Lange Zeit sagten wir nichts, sondern genossen nur die Stille und unsere Nähe.

»Ich habe noch etwas für dich!«, aus meiner Jackentasche zog ich die zwei Briefe, die Gerdi mir am Sterbebett überreicht hat.

»Was ist das?«

»Die sind von Gerdi. Einer für dich, einer für mich. Sie hat sie mir gegeben, kurz bevor sie ...«, ich konnte diesen Satz einfach noch nicht aussprechen, doch das musste ich auch nicht. Liam erkannte sofort, dass es mir Unbehagen bereitet, und drückte mir einen dicken, liebevollen Kuss auf den Scheitel.

»Hast du deinen schon gelesen?«

»Nein ... irgendwie traue ich mich nicht.«

»Wie wäre es denn, wenn ich dir deinen Brief vorlese und du mir meinen?«, ich drehte mich etwas, damit ich ihm direkt in seine strahlenden Augen schauen konnte.

»Das wäre großartig!«

»Möchtest du zuerst?«

»Gerne!«

Ich öffnete den Umschlag, auf dem sein Name stand, holte den Brief raus und fing sofort an zu lesen.

*Lieber Liam,
wenn du das hier liest, hatten wir leider nicht mehr das Glück, uns persönlich kennenzulernen. Gerade deshalb sind diese Zeilen an dich so wichtig! Pass bitte immer auf meine kleine Emmi auf, denn sie ist ein besonderes Mädchen. Ich habe in meinen 87 Jahren nicht eine Person getroffen, die so liebevoll, fürsorglich und hilfsbereit ist, wie sie. Trotz ihres gebrochenen Herzens hat sie immer nur das Beste in den Menschen gesehen. Sorg bitte dafür, dass es auf ewig so bleibt. Dass sie dich liebt, muss ich dir ja nicht schreiben, oder? Schon als sie das erste Mal von dir sprach, wusste ich, was sie noch für dich empfindet und es erfüllt mich mit Glückseligkeit, dass ihr wieder zueinandergefunden habt. Eure Liebe ist etwas Besonderes, auf das ihr achtgeben müsst. Bleib immer so, wie du bist, denn genauso braucht sie dich. Ich wünsche dir alles Glück der Welt, und falls ich da oben irgendwie mitbekomme, dass du ihr wehtust, komme ich als Geist zurück und mache dir die Hölle heiß! Frag Emmi, sie wird dir bestätigen, dass ich dazu imstande bin.
In ungesehener, aber ehrlicher Liebe,
deine Gerdi!*

Ich legte den Brief beiseite und ließ mich von Liam noch enger umschließen. Er legte seinen Kopf an meinen und ich konnte spüren, dass auch ihn der Brief nicht kalt ließ. Ich drehte mich zu ihm und wischte ihm mit meinem Daumen eine Träne von der Wange; küsste ihn danach auf diese Stelle.

»Glaubst du wirklich, dass sie das könnte?«
»Als Geist wieder zurückkommen? Wenn ich es jemandem zutraue, dann ihr!«, gleichzeitig fingen wir an zu lachen.

»Dann werde ich wohl besser auf sie hören!«, er legte eine Hand an meinen Hinterkopf und zog mich in einen zarten, liebevollen Kuss.

»Ich könnte dir gar nicht wehtun, Milli. Niemals!«
»Ich weiß, Liam!«

Nach dem wohl leidenschaftlichsten Kuss, den ich je bekommen habe, öffnete er den Umschlag, auf dem mein Name stand und begann zu lesen.

Meine allerliebste Emmi!
Mir fallen diese Zeilen wahrlich nicht leicht. Du warst mir in den letzten Jahren so nah und so wichtig wie kein anderer, dafür möchte ich dir danken. Danke für deine immer gute Laune, obwohl ich dir oft ansehen konnte, dass du lieber geweint hättest. Danke für deine Kekse, die mir jeden Morgen versüßt haben. Danke für die Ausflüge, die du mit mir unternommen hast.
Danke für dein Vertrauen und deine Ehrlichkeit. Mein letzter Wunsch ist es, dass du mir etwas versprichst, da ich nie die Möglichkeit dazu hatte! Versprich mir, dass du die Welt bereisen wirst. Sei an so vielen Orten wie nur möglich, lerne neue Kulturen und neue Menschen kennen. Lebe, als gäbe es keinen

Morgen, liebe, als wäre jeder Tag der erste Tag, lache, als würde dein Leben davon abhängen.
Kleide dich jeden Tag schön, denn du weißt nie, was dich an jedem einzelnen Tag erwartet. Schau selten grimmig, das gibt Falten! Trinke in einem kleinen Café in Paris einen Kaffee und esse dabei ein Eclair à la pomme. Heirate deine große Liebe, bekommt eine Horde Kinder und zeigt ihnen die Welt, die ihr zuvor schon bereist habt. Genieße dein Leben mit Liam, denn er tut dir unglaublich gut und bleib bitte immer du selbst, denn so bist du am besten!
In ewiger Liebe,
deine Gerdi!

Ihre Worte berührten mich so sehr, dass ich Liam bat, den Brief ein weiteres Mal zu lesen. Auch er hatte schwer mit sich zu kämpfen, doch blieb stark und gab mir weiterhin die Kraft, die ich dringend brauchte. Er legte den Brief neben sich, zog mich noch näher an seine Brust und küsste mich auf den Scheitel.

»Wir werden Gerdi ihre Wünsche erfüllen!«, ich schaute zu ihm hoch und weitere Tränen liefen meine Wange herab.

»Jeden?«

»Natürlich! Erst werde ich dir die schönsten Klamotten kaufen, damit du immer gut gekleidet bist. Dann werde ich dir die ganze Welt zeigen, mit dir einen Kaffee in Paris trinken und so ein Kuchendingen essen, dich heiraten und jede Menge Kinder mit dir machen. Ich werde nur nichts daran ändern können, dass du Falten bekommst, aber ich verspreche dir, dafür zu sorgen, dass es

Lachfalten sein werden. Ich werde dir jeden Tag auf dieser verdammten Erde versüßen, so wie du es jeden Tag für Gerdi getan ha ...«, weiter konnte er nicht sprechen, da unsere Lippen mit voller Wucht aufeinander krachten. Ich wollte ihn einfach nur noch küssen, denn das, was er zu mir gesagt hatte, bedeutete mir alles. Lange saßen wir einfach nur da, mit feuchten Augen und überschlagenden Herzen, küssten uns und genossen die Zweisamkeit. Nur widerwillig trennten wir uns, doch wir mussten beide zu Atem kommen.

»Ich habe übrigens auch noch eine Überraschung für dich!«, Liam griff in seine Hosentasche und zog eine Dose Seifenblasen heraus.

»Ist das dein ernst? Gib sie sofort her!«, lachend nahm ich ihm die Seifenblasen aus der Hand, schraubte die Dose auf und ließ sofort welche steigen. Liam hatte es wieder geschafft, dass meine Traurigkeit innerhalb von Minuten verschwand. Eine Weile sahen wir nur den Seifenblasen nach, die wir abwechselnd pusteten.

»Liam?«

»Ja?«

»Was passiert nach den zehn Tagen?«, ich drehte mich um und setzte mich ihm im Schneidersitz gegenüber.

»Wie meinst du das? Was soll danach passieren?«

»Na, wenn ich wieder zurückfliegen muss!«

»Ich glaube, du verstehst da etwas falsch. Ich lasse dich nicht mehr zurückfliegen. Und wenn, dann nur mit mir zusammen.«

Er sah mir tief in die Augen und verzog keine Miene. Als mein Mund aufklappte, da er scheinbar wirklich nicht scherzte, sprach er weiter.

»Milli, wir haben uns zehn Jahre aus den Augen verloren. Eine Zeit, die wir nie wieder aufholen können. Ich möchte dich einfach nicht mehr verlieren! Ich liebe dich!«, seine Miene verzog sich schmerzlich und ich nahm seine großen Hände in meine.

»Du wirst mich nie wieder verlieren, das verspreche ich dir! Aber ich kann mein Leben hier nicht einfach aufgeben! Wie stellst du dir das vor? Dass ich jetzt all meine Sachen packe, meinen Job kündige und mit dir auf Tour gehe?«, ich sprach in einem ruhigen Ton, doch er sah aus, als hätte ich ihn angebrüllt. Plötzlich nahm er mein Gesicht in beide Hände und entblößte seine wunderschönen Zähne mit einem breiten Grinsen.

»Ja! JA! Genau *so* stelle ich mir das vor! Warum auch nicht? Wir haben genau *jetzt* die Zeit und die Möglichkeiten unsere Träume zu verwirklichen! Und weißt du, was schon immer mein Traum war? Du! Scheiß auf meine Karriere, scheiß auf die Band! Ich möchte einfach nur mit dir zusammen sein!«, kopfschüttelnd und lachend zugleich nahm ich seine Hände von meinem Gesicht und küsste jeden seiner Finger.

»Du bist verrückt! Niemals würde ich wollen, dass du deine Karriere für mich aufgibst, außerd ...«

»Trotzdem würde ich es tun!«

»Liam!«

»Ist ja schon gut!«

»Außerdem liebe ich deine Lieder und deine Stimme viel zu sehr. Du hast eine Leidenschaft, die du ausleben solltest.«

»Und was ist mit dir?«

»Was soll mit mir sein?«

»Ich kann mich noch gut daran erinnern, wie eine kleine Milli genau hier neben mir saß, und mir davon erzählte, dass sie später mal eine erfolgreiche Autorin werden will. War es nicht schon immer dein Traum Kinderbücher zu schreiben? Was ist daraus geworden?«, ja, was war daraus geworden? Schon früh hatte ich meine Leidenschaft für das Schreiben entdeckt, doch nie eine Geschichte beendet, denn mein Job nahm einfach zu viel Zeit in Anspruch.

»Ich denke, dieser Traum ist schon lange geplatzt!«, ich pustete verträumt weitere Seifenblasen in die Luft und sah ihnen beim Platzen zu.

»Schau, Milli. Jede Seifenblase, die du machst, zerplatzt irgendwann. Und was tust du dann? Du pustest einfach Neue in die Luft!«, er nahm meine Hand mit dem Seifenblasenstäbchen und führte sie zu seinem Mund, pustete vorsichtig und stellte viele kleine Seifenblasen her, die sofort in die Luft stiegen.

»Das ist genau wie mit deinem Traum. Früher konntest du ihn nicht verwirklichen, aber jetzt hast du die Chance!«, er streckte sich und fing mit dem Stäbchen eine Seifenblase ein.

»Du musst sie einfach nur ergreifen!«

Er hatte so recht. Ich starrte eine Weile auf die Seifenblase in meiner Hand und dachte über die ganzen Möglichkeiten nach, die mir offenstanden. Ich sah ihm in seine wunderschönen Augen, sah die bedingungslose Liebe darin und mein Herz machte freudige Luftsprünge. Ganz egal, wie mein Leben verlaufen sollte, solange ich an seiner Seite war, konnte es nur gut werden.

»Wie sollen wir das nur meinen Eltern erklären?«, kurz sah er mich fragend an, bis ihm ein Licht aufging und ein breites Lächeln auf seinem Gesicht erschien.

»Heißt das ...?«

»Ja! Lass uns unseren Träumen nachjagen!«, ich warf mich in seine Arme und wir hätten glücklicher nicht sein können.

»Ich muss meinem Traum nicht nachjagen, denn ich halte ihn hier in meinen Armen!«, über beide Ohren verliebt küsste wir uns.

»Ich liebe dich, Liam!«

»Und ich liebe dich, Milli!«

Ein kleiner Schritt zur Wahrheit
Liam

Wir gingen erst nach Hause, als es schon dunkel wurde. Noch lange saßen wir da und redeten über Gott und die Welt. Milli erzählte mir von ihrer Arbeit, die sie für mich aufgeben wollte, von ihren Eltern, die sie für mich zurücklassen wollte und von ihren Nachhilfeschülern, die nun ohne sie auskommen mussten. Doch sie sagte das nicht in einem vorwurfsvollen Ton. Ich merkte ihr an, dass sie sich auf die bevorstehende Zeit freute. Niemals hätte ich gedacht, dass sie sich so schnell entscheidet, doch ich bin unendlich froh darüber. Es beginnt nicht nur ein neuer Lebensabschnitt für uns; wir beginnen jetzt endlich erst zu leben!

In ihrer Wohnung angekommen, begrüßte ich zuerst ausgiebig ihre Eltern, da ich bei der letzten Begegnung nur Milli im Kopf hatte. Okay ... ich hatte auch jetzt nur Milli im Kopf, konnte mich aber nebenbei auch noch auf andere Dinge konzentrieren. Von dem geplanten Umzug sagten wir noch nichts, da Milli erst mit ihrer Chefin sprechen wollte. Zum Glück hatte sie noch eine Menge Urlaub übrig, sodass sie die Kündigungsfrist damit überbrücken könnte. Aber solange noch nicht feststand, ob sie vielleicht doch noch mal nach Deutschland zurück musste, verrieten wir nichts.

Nach einer endlosen Plauderei über meine Karriere, die Tour und belanglosem Zeug, konnten wir endlich nach oben in ihr Reich verschwinden.

»Tut mir leid, falls sie dich genervt haben, aber wann hat man schon mal einen echten Rockstar im Haus?«

»Trotzdem ist es ein komisches Gefühl, wenn dich Leute anschmachten, die du schon dein Leben lang kennst. Ich meine, ich habe mich doch nicht verändert, oder?«

»Du fluchst ein bisschen mehr als früher!«

»Hey! Ich habe mich, seit ich hier bin, echt zurückgehalten!«

»Welch Aufopferung, edler Prinz!«, sie fasste sich theatralisch an die Brust und deutete einen Knicks an. Ich umfasste mit beiden Händen ihre schmale Hüfte und hob sie hoch in die Luft, was ihr einen zuckersüßen Schrei entlockte.

»Lass mich runter, Liam! Sonst ...!«

»Sonst was?«

»Sonst ... sonst ... gehe ich alleine Duschen!«, irritiert sah ich sie von unten an. Sie zappelte und kam aus dem Kichern nicht mehr raus, doch dieses Fliegengewicht hätte ich noch Stunden tragen können.

»Heißt das ... du wolltest nicht alleine duschen?«

»Vielleicht! Du wirst es jetzt wohl nie rausfinden!«, sofort setzte ich sie ab, denn mein Blut schoss in eine andere Körperstelle. Sie strich mir mit ihrem Zeigefinger lasziv über die Brust und ging Richtung Bad. Fuck! Was sollte ich nun tun? Ihr hinterhergehen?

Hier auf sie warten? Wie sollte ich denn denken, mit so einem schmerzhaft harten Ständer in der Hose?

Keine Ahnung, wie lange ich dort stand, aber ich wurde von dem Plätschern der Dusche aus meinen Gedanken gerissen. Langsam aber sicher machte ich mich auf den Weg zum Bad. Vielleicht schickt mir der Kerl da oben ein Zeichen, ob sie es ernst meinte oder nicht. Kaum daran gedacht sprang mir das Zeichen förmlich entgegen.

Die Tür war einen Spalt offen.

Na, wenn das keine Einladung war! Ich öffnete sie leise und trat ein. Durch die Hitze der Dusche war das Glas, hinter dem sie sich befand, beschlagen. Ich konnte nur ihre Konturen erkennen, aber, holla die Waldfee, vielleicht sollte ich das mit der Zurückhaltung noch mal überdenken! Sie stand mit dem Rücken zu mir und streckte ihr makelloses Gesicht nach oben, sodass das Wasser an ihren Haaren, die ihr nass und glatt fast bis zu ihrem perfekten Hintern reichten, hinabfließen konnte. Als ich den Moment des Starrens beenden musste, weil mein Schwanz unaufhörlich zuckte, schloss ich die Tür und zog mich aus. Noch immer hatte sie sich nicht zu mir gedreht.

Ich stieg also nackt, wie Gott mich schuf, in die Dusche und stand schwer atmend hinter ihr. Ihre zarte Haut glänzte vor Feuchtigkeit und ich wusste, dass sie weich und glühend heiß war. Ich streckte beide Hände nach ihr aus, wollte sie berühren, doch sie kam mir zuvor. Sie drehte sich langsam um und sah

mir von unten in die Augen. So gerne ich
ihren göttlichen Körper bewundert hätte; ich
konnte diesem Blick nicht entkommen. Ihre
Augen ließen mich wissen, dass sie mehr
wollte. Mehr brauchte.

In diesem Moment krachten unsere Lippen
aufeinander. Ich musste nicht um Einlass
betteln, denn unsere Zungen fingen sofort an,
einen unaufhörlichen Kampf zu fechten. Sie
schlang ihre Arme um meinen Hals, währen
ich sie auf meine Hüften hob. Als ich sie an
die kalte Duschwand presste, gab sie ein
leises Keuchen von sich, von dem ich noch
Härter wurde. Unsere Atmung ging stoßweise,
unsere Herzen klopften im selben,
undefinierbar schnellen Takt. Als ich mich von
ihren Lippen löste, um ihren Hals, bis runter
zu ihrem Schlüsselbein zu liebkosen, krallte
sie ihre Hände in meinen Nacken und fing an
zu stöhnen. Es war ein Stöhnen, das ich
zuletzt vor zehn Jahren hören durfte und das
mich in meine tiefsten Träume verfolgt hat.
Nicht ein einziges Mal traf ich eine Frau, die
so leidenschaftlich und offen ihre Lust
herausschrie.

»Liam ... bitte ...«, ihre Worte klangen
gehaucht, denn ihr ganzer Körper signalisierte
mir, dass sie nichts Anderes wollte, als meine
Härte in ihr zu spüren.

»Bist du dir sicher?«, statt mir zu antworten,
zog sie mich in einen alles sagenden Kuss, der
mir vieles abverlangte. Ich positionierte mich
vor ihrer Mitte und konnte ihre Hitze spüren.
Vorsichtig lehnte ich mich vor, doch Milli kam
mir schon entgegen. Meine Spitze rieb an ihrer

Perle, was ihren Körper erzittern ließ, und ich konnte spüren, wie feucht sie war. Ohne sie aus den Augen zu lassen, drang meine Spitze in ihre feuchte, heiße Höhle und ihre Enge machte mich sofort verrückt. Sie ließ ihren Kopf in den Nacken fallen und stöhnte heiser vor sich hin. Fasziniert und wie in Trance sah ich ihr dabei zu, stieß weiterhin vorsichtig in sie, bis meine komplette Länge sie ausfüllte. Schon jetzt pulsierte ihre Enge so stark, dass ich jede Bewegung spüren konnte. Ich zog mich zurück um daraufhin, fester als zuvor, in sie zu stoßen. Als wir unser Tempo gefunden hatten, stöhnten wir beide auf und genossen die Verbundenheit. Immer wieder stieß ich in sie, wurde ungehaltener, unerbittlicher. Unsere Atmung war nur noch als Keuchen zu vernehmen, unser Stöhnen laut und voller Leidenschaft. Als sie um mich explodierte, ihre Finger in meinen Nacken krallte, alles um meinen Schwanz pulsierte und sie mir voller Verlangen und Leidenschaft in den Hals biss, konnte auch ich nicht mehr an mir halten. Mit einer Wucht, die ich noch nie in meinen Leben gespürt hatte, kam ich und pumpte meinen Saft in ihre inzwischen noch feuchtere Enge. Nie zuvor kam ich mit einer solchen Intensität. Ob es an der Liebe zu Milli, an ihrer verdammt engen Mitte oder einfach nur an der gesamten Frau lag, war mir in dem Moment egal. Denn, dass es mit Milli anders war, *besonders* war, hätte mir von Anfang an klar sein müssen.

   Schwer atmend und absolut überwältigt von allem, küssten wir uns.

»Milli, das war ...«

»... nötig!«, wir prusteten gemeinsam los und konnten nicht mehr aufhören zu kichern. Als ich sie nach langer Zeit absetzte, seiften wir uns gegenseitig ein und küssten uns ununterbrochen. Ihr Körper war über all die Jahre noch schöner geworden. Alles an dieser Frau war göttlich.

Nachdem wir uns gegenseitig abgetrocknet hatten, wobei ich ihren Brüsten ganz besonders viel Aufmerksamkeit schenkte, legten wir uns ins Bett und schliefen nach wenigen Worten ein.

***

Den Morgen verbrachten wir mit Koffer packen, Umzugsvorbereitungen und jeder Menge nacktem Körperkontakt. Mittags gingen wir rüber zu meiner Großmutter, die reichlich für uns gekocht hatte. Wir ließen es uns schmecken und erzählten ihr von unseren Plänen, die sie über beide Ohren zum Strahlen brachten. Trotzdem baten wir sie darum, diese noch für sich zu behalten. Natürlich stimmte sie sofort zu und zog uns mehrmals in herzliche Umarmungen. Als wir nach Hause gehen wollten, um uns für die Beerdigung zu kleiden, hielt meine Oma mich fest.

»Kannst du noch einen kurzen Augenblick hierbleiben?«, ich stimmte dem zu und Milli ging alleine in das Nachbarhaus.

»Stimmt etwas nicht, Oma?«

»Bub, du darfst jetzt nicht ausflippen, verstanden?«, fragend sah ich sie an, doch nickte zustimmend.

»Als ihr mir gestern eure Geschichte erzählt habt, konnte ich zuerst nicht glauben, was ich da hörte. Irgendwas lief da nicht mit rechten Dingen zu.«

»Wie meinst du das, Oma?«

»Du sagtest, dass deine Eltern dir erzählt habe, dass du nach einer Frist von drei Monaten wieder zu uns kommen könntest, oder?«

»Ja genau, das haben sie damals gesagt. Ich könnte dann bei euch wohnen!«

»Bub, das war so nicht mit uns abgesprochen. Versteh mich bitte nicht falsch! Wenn deine Eltern uns damals gefragt hätten, ob du bei uns leben darfst ... wir hätten keine Sekunde für eine Entscheidung gebraucht! Doch dein Vater entschied von einen auf den anderen Tag, dass ihr zurückgehen müsst. Deine Eltern nannten uns noch nicht mal einen Grund für die schnelle Abreise! Wir fühlten uns wie vor den Kopf gestoßen. Nach so vielen Jahren hätten wir nicht gedacht, dass sie überhaupt noch mal zurückwollen.«

»Sie sagten mir, dass meine Oma schwer krank sei und mein Vater einen Job bekommen hätte, in dem Unternehmen von Onkel Jay.«

»Das war gelogen, deiner Oma ging es nie schlecht! Ich habe noch am Abreisetag mit ihr telefoniert!«

»Was? Ich verstehe das alles nicht! Warum sollten sie uns alle belogen haben?«

»Das versuche ich rauszufinden, doch sie sind nicht zu erreichen.«

»Ich spreche mal mit Milli, vielleicht wissen ihre Eltern ja etwas. Immerhin waren unsere Mütter die besten Freundinnen!«

»Das kommt noch mit dazu ... sie *waren* die besten Freundinnen. Wenige Wochen, nachdem ihr weg wart, brach auch ihr Kontakt ab. Außerdem weiß ich nicht, ob du Emmi heute etwas davon sagen solltest. Sie ist durch die Beerdigung wahrscheinlich eh schon angeschlagen.«

»Du hast recht, Oma. Danke für deine Ehrlichkeit. Wir werden schon rausfinden, was da vor sich ging! Wir holen dich in einer Stunde ab, dann fahren wir gemeinsam zum Friedhof!«

»Danke, Bub!«

Mit glühendem Kopf und klopfendem Herzen ging ich zu Milli. Was für eine verdammte Scheiße lief hier ab? Ich wollte ihr so gerne davon erzählen, doch meine Oma hatte recht. Ich sollte sie lieber heute nicht damit belasten.

Als ich das Badezimmer betrat, stand sie nur in Unterwäsche bekleidet vor dem Spiegel und drehte sich die Haare zu einem Knoten. Oder Dutt. Wie auch immer.

»Ist alles Okay mit Elisa?«

»Ja, sie wollte nur kurz mit mir über meine Eltern sprechen.«

Ich stellte mich hinter sie und legte meine Arme um ihren Bauch, zog sie feste an mich und vergrub meinen Kopf in ihrer unglaublich wohlduftenden Halsbeuge. Sofort legte sie ihre Hände auf meine und schmiegte sich an mich.

Von diesem Gefühl werde ich wohl nie genug bekommen. Ich schaute in den Spiegel und sah uns beide an. Nicht nur innerlich, sondern auch äußerlich passten wir perfekt zusammen. Die wunderschöne, zarte, kleine Milli, die mir ohne Schuhe gerade mal bis kurz über meine Brust reichte und der große, muskulöse Sexgott, der ich nun mal war. Auch sie begutachtete uns und fing an zu lächeln, was ich sofort erwiderte.

»Habe ich dir eigentlich heute schon gesagt, dass ich dich liebe?«

»Liam, du hast mir das heute bestimmt schon fünfmal gesagt! Trotzdem würde es mich nicht stören, wenn du es ein weiteres Mal sagst!«

»Ich liebe dich, Babe. Über alles!«, ich fing an ihren Hals zu liebkosen und streichelte mit meiner Hand ihren Bauch herab. Kurz vor ihren Höschen hielt sie meine Hand fest.

»Ich liebe dich auch, aber ich brauche jetzt wirklich mal eine Pause. Wenn wir es jetzt noch mal tun, kann ich gleich keinen Schritt mehr vor den anderen setzen!«

»Verdammt! Zu wissen, dass ich dich wundgevögelt habe, macht mich nur noch geiler!«

Sofort griff sie nach hinten und fuhr mit ihrer Hand meine komplette Länge nach, die sich in der Hose abzeichnete. Ein heiseres Keuchen entfuhr mir und jeder Muskel in meinem Körper spannte sich an. Diese Frau konnte Dinge mit mir anstellen, die ich zuvor noch nicht kannte.

»Babe, du solltest das lassen, wenn du dich gleich noch bewegen können möchtest!«, sie drehte sich in meinen Armen um und öffnete meine Hose, befreite meine schon schmerzende Härte und massierte sie mit gekonnten Bewegungen. Ich beugte mich zu ihr runter und küsste sie leidenschaftlich, ließ danach meinen Kopf in den Nacken fallen und genoss dieses unglaubliche Gefühl. Für eine kurze Zeit stellte sie die Berührungen ein, doch bevor ich protestieren konnte, spürte ich ihre warme, feuchte Zunge an meiner Spitze und mein Körper begann zu zittern. Ich musste dem Drang widerstehen, meinen Blick zu senken, denn ich wusste, dass sie mir dabei genau in die Augen schauen würde, und dann könnte ich für nichts mehr garantieren! Mit der einen Hand noch immer an meinem Schwanz, massierte sie ihn gleichzeitig, da sie niemals die ganze Länge in ihren kleinen, heißen Mund bekommen würde. Die andere Hand legte sie mir auf den Bauch und fuhr mit ihren Fingerspitzen meine Muskeln entlang. Dem Drang nicht länger standhaft, sah ich sie an und hatte sofort das Gefühl, abspritzen zu müssen. Der Anblick, wie diese Göttin meine Härte bearbeitete, hätte besser nicht sein können. Diese Liebe, diese Hingabe, diese Erotik ... sie war einmalig.

»Milli, wenn du ... wenn du jetzt nicht aufhörst, dann ...«, ich konnte nicht weitersprechen, denn die Gefühle übermannten mich. Meine Atmung ging stoßweise, mein Stöhnen wurde lauter. Milli hörte nicht auf und so kam ich pulsierend in ihren Mund. Der Blick, der noch immer auf mir haftete, gab mir den Rest und ließ mich in alle Höhen fliegen, die es für mich zu erreichen gab. Ich weiß nicht, wie lange der Orgasmus anhielt, aber es war rekordverdächtig. Noch immer regungslos sah ich Milli dabei zu, wie sie aufstand und sich auf die Zehenspitzen stellte, um mir einen Kuss auf die Wange zu drücken.

»Scheinbar verlernt man so etwas nicht!«, schmunzelnd tätschelte sie mir die Wange, die sie gerade noch geküsst hatte und verschwand aus dem Bad.

Flieger, grüß mir die Sonne!
Emilia

Auf dem Weg zur Beerdigung hielt Liam durchgehend meine Hand, was mir unglaublich viel Kraft gab. Ich war ihm dankbar für alles, was er am heutigen Tag für mich getan hatte. Auch wenn es sich dabei um einen Blowjob im Bad handelte, die Ablenkung konnte ich gut gebrauchen und die Nähe zu ihm bewirkte bei mir wahre Wunder.

Als wir die kleine Kapelle betraten, in der auch vor wenigen Wochen Liams Großvater beerdigt wurde, musste ich enttäuschend feststellen, dass lange nicht so viele Leute gekommen waren, wie ich es mir gewünscht hätte. Ein paar Bewohner des Heims, meine Chefin und zwei der Pflegekräfte, darunter auch Maria, sowie eine fremde Person saßen verteilt in den Bänken. Wir gingen nach vorne und setzten uns in eine der freien Reihen.

Die einfache Trauerrede, die sich Gerdi gewünscht hatte, trieb mir die Tränen in die Augen. Nicht, weil sie so berührend oder ergreifend war, sondern weil ich wusste, was sie ihr bedeutete. Denn genau diese Rede wurde auch auf der Beerdigung ihres Mannes gehalten. Liam bemerkte mein leises Schluchzen und legte liebevoll einen Arm um mich, zog mich nah an seine Brust, die mir Wärme und Geborgenheit spendete.

»Meinst du, sie sieht uns gerade zu?«, ganz nah an meinem Ohr flüsterte er mir seine Worte.

»Da bin ich mir sicher! Mit einem großen Cocktail und einem noch viel größeren Keks in ihrer Hand!«, die Vorstellung ließ mich schmunzeln und ich genoss das Gefühl, dass sie vielleicht grade wirklich bei uns war.

Nachdem der Sarg zu Grabe getragen wurde und wir uns im Stillen verabschieden konnten, stellten wir uns zu der restlichen Trauergemeinde. Elisa ging sofort zu einigen Bekannten, die sie mit offenen Armen empfangen, während Liam und ich zu meiner Chefin und meinen Kolleginnen gingen. Mit offenen Mündern starrten die drei Frauen uns an.

»Ist das ...?«

»Du bist doch Liam Carter, oder?«

»Emmi, warum stehst du hier Hand in Hand mit Liam Carter?«, meine Chefin strahlte inzwischen über beide Ohren, während meine Kolleginnen noch immer schmachteten. Fragend sah ich Liam an, denn ich wusste nicht, was ich sagen sollte.

»Sie steht hier Hand in Hand mit mir, weil sie meine große, noch unbekannte Liebe ist!«, er zog mich zu sich und gab mir einen Kuss auf den Scheitel, der mich lächeln ließ.

»Vielleicht könnte das auch noch unter uns bleiben?«, bittend sah ich jede Einzelne von ihnen an und sie nickten alle zustimmend, doch wollten im Gegenzug ein Foto mit Liam, sowie ein Autogramm. Als meine Chefin schon alles bekommen hatte, was sie wollte, zog ich

sie zur Seite, um mit ihr über meinen bevorstehenden Umzug und die Kündigung zu sprechen. Noch bevor ich ihr etwas sagen konnte, ergriff sie das Wort.
»Es ist in Ordnung, Emmi.«
»In Ordnung? Wie meinst du das?«
»Du willst kündigen und das ist Okay.«
»Woher ... woher weißt du das?«
»Du kommst hier hin, mit einem internationalen Superstar an der Hand, siehst trotz Gerdis Beerdigung so wundervoll glücklich aus und möchtest alleine mit mir sprechen. Da kann ich mir den Rest schon denken!«, sie zwinkerte mir lächelnd entgegen, doch mein schlechtes Gewissen, das ich grade auf Gerdis Beerdigung mein Glück nicht verbergen konnte, zog mich sofort runter.
»Hey, es ist gut, dass du glücklich bist! Gerdi hätte es so gewollt!«, sie nahm mich in den Arm und tätschelte mir mütterlich den Rücken.
»Was habt ihr denn jetzt vor?«
»Zuerst werden wir schon Morgen nach Perth fliegen. Was danach alles passiert, kann ich noch nicht sagen, aber ich freue mich auf jede Sekunde!«
»Dann freue ich mich mit dir und, meine Güte, der Mann vergöttert dich ja! Seine Blicke sind wirklich alles sagend!«, wir sahen beide zu ihm. In diesem Moment lag sein Blick alleine auf mir, als wäre kein Mensch außer uns da. Wir lächelten uns an und konnten die Entfernung zwischen uns nicht mehr ertragen. Liam kam auf uns zu und zog mich

sofort an seine Brust, während ich die Arme um seine Taille legte.

Wir plauderten noch eine ganze Weile, klärten alle weiteren Schritte ab, einigten uns darauf, dass die Kündigungsfrist so datiert wird, dass sie mit meinen noch vorhandenen Urlaubstagen abgedeckt werden kann, und verabschiedeten uns ausgiebig. Es fiel mir viel leichter als gedacht, da ich es kaum erwarten konnte, mein neues Leben zu beginnen. Schon am Morgen, als wir meinen Koffer und die Kartons, die wir nachliefern lassen wollte, gepackt hatten, fanden wir angefangene Geschichten, die ich aus Zeitmangel nie beenden konnte. Liam packte sie in mein Handgepäck, da er auf dem Flug darin lesen wollte. Diese zu beenden und mein Hobby zum Beruf zu machen, war noch so unwirklich, doch real.

Am Abend, als wir mit meinen Eltern zusammensaßen, erzählten wir ihnen von unseren Plänen. Da nun feststand, dass ich arbeitsbedingt nicht mehr nach Deutschland reisen musste, wollten wir sie natürlich einweihen. Auch wenn sie zuerst ziemlich geschockt waren, freuten sie sich sehr für uns. Sie sagten, sie hätten schon lange auf diesen Moment gewartet und dass es alles anders hätte laufen müssen. Zudem konnten sie sich schon denken, dass wir uns sofort für ein gemeinsames Leben entscheiden würden. Sie baten uns ihre Hilfe beim Umzug an, die wird dankend annahmen, und wir verabschiedeten uns tränenreich und ausgiebig, da wir schon am nächsten morgen

früh rausmussten. Auch wenn ich mit etwas
Gegenwehr ihrerseits gerechnet hätte, war ich
froh, dass alles so reibungslos verlaufen war.
Jetzt stand uns nichts mehr im Wege!

***

An das Fliegen in der ersten Klasse könnte
ich mich gewöhnen. Nicht nur, dass wir
komfortabel saßen, auch die Bewirtung und
das Essen waren unschlagbar. Kurz vor dem
Landeanflug beendete Liam die letzte
angefangene Geschichte, die er mir, wie auch
die anderen zuvor, leise vorlas. Ich hätte ihm
noch weitere Stunden dabei zuhören können,
denn seine Stimme war einzigartig. Tief, heiser
und löste nicht nur bei mir pures Verlangen
aus. Auch wenn ich wusste, dass Liam einer
der heißbegehrtesten Männer der Welt war,
konnte ich nicht eifersüchtig sein. Er wusste,
was er an mir hat und ich konnte mir sicher
sein, dass er unsere wiedergefundene Liebe
nicht aufs Spiel setzen würde.

Als wir mit dem Taxi, das sein Manager uns
bestellt hatte, bei ihm zu Hause ankamen,
musste ich schlucken. Seine Wohnung war
zwar groß und geräumig, aber eine absolute
Männerdomäne. Auch wenn es sehr sauber
und aufgeräumt war; man konnte in jeder
Ecke erkennen, dass diese Wohnung nur von
Männern bewohnt wurde. Ein Kühlschrank
neben dem Sofa, ein Boxsack an der Decke,
ein Spielautomat mit nackten Pin-up-Girls
und ein Fernseher, der größer war, als die
Leinwand im Kino unseres Ortes. Auch die

offene Wohnküche sah nicht danach aus, als wäre hier jemals gekocht worden.

»Willkommen in meiner ehemaligen Wohnung!«, mit ausgebreiteten Armen stand er vor mir und präsentierte mir stolz sein Reich.

»Deine *ehemalige* Wohnung?«

»Babe, meinst du wirklich, dass wir beide hier wohnen bleiben, wenn Ethan ständig irgendwelche Weiber mit nach Hause bringt? Außerdem ist er Nacktschläfer und vergisst morgens schon mal sich etwas anzuziehen.«

»Wird da etwa jemand eifersüchtig?«, schmunzelnd ging ich zu ihm und legte meine Arme um seine schlanke Taille.

»Das ist der Hauptgrund, aber ich möchte dir auch den Anblick ersparen. Wir haben zwar beide göttliche Körper, aber während ich Adonis bin, ist er eher Buddha!«, kopfschüttelnd und lachend lehnte ich mich an seine Brust, als wir auch schon ein Räuspern neben uns vernahmen.

»Alter! Ich dachte schon, du kommst nie wieder!«, Ethan kam auf uns zu und begrüßte Liam mit einer freundschaftlichen Umarmung, doch einen Buddha konnte ich in ihm nicht erkennen. Er war etwas kleiner als Liam, nicht so breit gebaut und hatte etwas Speck auf den Rippen, aber dick war er nicht.

»Ich habe doch gesagt, ich komme bald wieder ..., und zwar nicht alleine!«, in diesem Moment fielen die Blicke beider Männer auf mich.

»Fuck, du bist ja in natura noch schöner, als auf den Bildern!«, er nahm meine Hand, verbeugte sich vor mir und gab mir einen sanften Kuss auf den Handrücken, bevor er hart von der Seite weggestoßen wurde.

»Finger weg, Arschloch! Meine Frau, mein Körper, meine Hand!«

»Ist ja schon gut!«, lachend winkte er mir zu, was ich mit einem Winken erwiderte.

»Schön dich endlich kennenzulernen, Milli! Ich habe schon vi …«, wieder bekam er Liams Hände zu spüren, diesmal auf seinem Hinterkopf.

»Nur ich nenne sie so, verstanden?«

»Und wie soll ich sie dann nennen? Seit zehn Jahren höre ich nur Milli, Milli, Milli! Und jetzt auf einmal soll ich mich an einen anderen Namen gewöhnen?«

»Also ich habe nichts dagegen, wenn er mich Milli nennt!«

»Doch, hast du!«, Liam sah mich so verzweifelt an, dass ich mir ein Lachen nicht mehr verkneifen konnte. Ich prustete laut los und auch Ethan stieg mit ein.

»Na warte!«, er hob mich hoch und legte mich über seine Schultern. Strampelnd, lachend und schreiend beschwerte ich mich, was ihn aber keinesfalls störte. Er trug mich durch eine Tür und ich merkte sofort, dass ich in seinem Zimmer angekommen war. Er schmiss mich auf sein großes Bett, das unter meinem leichten Gewicht nur wenig erschütterte.

»Wie soll ich sie denn jetzt nennen?«, bevor er die Tür schließen konnte, rief Ethan, noch immer lachend, ihm die Frage zu. Liam steckte seinen Kopf durch den Türschlitz und antwortete ihm.

»Emmi, Emilia, Beate oder Mrs. baldige fucking Carter! ‚Alleiniges Eigentum von Liam' lasse ich auch noch durchgehen!«, er knallte die Tür zu, sprang im hohen Bogen neben mich und küsste mich auf die Wange.

»Das ist jetzt also dein Zimmer, Mr. *fucking* Carter?«

»Babe, es macht mich heiß, wenn du solche Wörter in den Mund nimmst!«, sofort glitt seine Hand unter mein Shirt, während sein Mund schon meinen Hals suchte.

»Das kannst du vergessen! Ich möchte noch die Wohnung sehen, mich in aller Ruhe frisch machen, Duschen gehen und auspacken, bevor die Jungs kommen! Außerdem wollte ich gerne für alle etwas kochen, dafür müssten wir aber noch einkaufen fahren!«, am Abend hatte sich die ganze Band angemeldet, denn alle wollten ‚sein Mädchen' kennenlernen.

»Du ziehst *das* also dem Sex mit mir vor?«, schockiert sah er mich an.

»Wer sagt denn, dass ich alleine duschen gehe?«, sofort erhellte sich seine Miene und er küsste mich leidenschaftlich und fordernd.

»Können wir das Duschen jetzt schon erledigen? Und später noch mal?«

»Liam!«

»Ist ja schon gut!«, kichernd schob ich ihn von mir runter und stieg aus dem Bett, sah mich in seinem Zimmer um. Es war groß, hell und, abgesehen von den Wänden, relativ leer. Denn dort hingen Gitarren, Schallplatten und Poster der Band. Ich sah mir alles genau an, während Liam mit verschränkten Armen hinter dem Kopf auf dem Bett lag und jeden meiner Schritte beobachtete. Als ich mit meiner Begutachtung fertig war, drehte ich mich um und sah zu Liam, der mir glücklich entgegenstrahlte.

»Was ist?«

»Ich kann es einfach noch nicht fassen, dass du jetzt wirklich hier bei mir bist. So lange habe ich davon geträumt, wie du in diesem Zimmer vor mir stehst. So oft bin ich aufgewacht und dachte, du stehst wirklich da, aber sofort warst du wieder weg. Und jetzt kann ich blinzeln so oft ich will ... du bist immer noch da!«

»Und das werde ich auch immer sein!«, ich legte mich wieder neben ihn und kuschelte mich an seine Brust. Minutenlang genossen wir die einfachen Berührungen und die Stille.

»Liam?«

»Ja?«

»Willst du wirklich mit mir zusammen umziehen?«

»Natürlich! Ich habe meinen Manager schon damit beauftragt, ein passendes Haus im Grünen für uns zu suchen. Mit viel Wiese, Wald und jeder Menge Kinderzimmer!«

»Ein Haus? Ich dachte, wir mieten uns erst mal eine Wohnung?«

»Babe, warum noch warten?«

»Weil wir doch eh kaum zu Hause sind, wenn ich dich auf deiner Tour begleite.«

»Milli, ich werde es so einrichten, das wir oft zu Hause sein werden. Ich möchte mit dir einen Ort haben, an dem wir beide einfach nur glücklich sein können, einfach nur leben können! Auf der Tour werden wir ständig in Hotels übernachten und unterwegs sein. Wäre es dann nicht schön, wenn es einen Fleck auf dieser Erde nur für uns gibt? Der nur uns gehört? An dem wir den ganzen Tag nackt rumlaufen können?«, er fing an zu lachen, als ich ihm das nächstbeste Kissen gegen den Kopf warf.

»Eigentlich schon. Das ist nur alles ziemlich viel auf einmal. Immerhin war ich bis vor wenigen Tagen noch der Überzeugung, ich würde mein Leben lang alleine bleiben, als Altenpflegerin arbeiten und in dem Haus meiner Eltern wohnen!«

»Und dann kommt so ein unglaublich attraktiver, junger, intelligenter Rockstar vorbei, der dein ganzes Leben auf den Kopf stellt! Ist das nicht herrlich?«, wieder traf ich ihn mit einem Kissen. Ich kuschelte mich wieder an seine Brust und hing ein paar Minuten meinen Gedanken nach. Auch Liam schien zu überlegen.

»Ich meine, wir könnten uns auch ein Wohnmobil kaufen, damit von Auftritt zu Auftritt fahren und darin wohnen. Dann könnte ich dich in jedem Ort, durch den wir fahren, mindestens einmal fi ...«

»Liam!«

»Ist ja schon gut! Also ... kaufen wir uns ein Haus?«, ich ließ mir mit der Antwort Zeit. Nicht nur um Liam zu ärgern, sondern auch um kurz nachzudenken. Ob wir jetzt hier, in einer anderen Wohnung oder in einem Haus wohnen, sollte eigentlich egal sein. Ich hatte mich für dieses Leben entschieden, für ein Leben mit Liam.

»Ja, lass es uns tun! Aber nur, wenn wir etwas Passendes finden.«

»Das werden wir, da bin ich mir sicher!«

Enttäuschung

Liam

Ständig musste ich meine Jungs davon abhalten, Milli die Welt zu Füßen zu legen. Das war immerhin meine Aufgabe, die ich jederzeit mit Freude erfüllte. Sie war nicht nur freundlich und zuvorkommend zu meinen Jungs, sondern kochte so gut für uns, dass sich spätestens jetzt jeder in sie verliebt haben sollte. Super! Jetzt durfte ich die notgeilen Idioten von ihr fernhalten, was sich nicht grade als einfach erwies. Als Milli sich ins Bad entschuldigte, dass wir nur wenige Stunden zuvor eingeweiht hatten, redeten die Jungs sofort auf mich ein.

»Du hast so eine Frau überhaupt nicht verdient! Sie braucht einen Mann wie mich an ihrer Seite!«

»Quatsch! Mir hat sie heute Mittag sogar erlaubt, sie Milli zu nennen! Sie steht auf mich!«

»Ist mir egal, was ihr denkt, aber ich würde ihr gerne mal richtig den Hintern versohlen!«, alle sahen erschrocken und entsetzt zu Cooper, während ich schon meine Faust ballte, um ihm kräftig gegen die Schulter zu boxen.

»Wenn ihr einer den süßen Hintern versohlt, dann bin ich das! Ich bin übrigens auch der richtige Mann an ihrer Seite und nur, weil sie gesagt hat, dass es sie nicht stört, wenn du sie Milli nennst, heißt das nicht, das ich nichts mehr dagegen habe! Finger weg, sonst Finger ab! Das gilt für euch alle!«, eindringlich sah ich jeden von ihnen an. Auch wenn ich wusste, dass unsere Liebe echt war und unsere Abhängigkeit voneinander wohl nie enden würde, wollte ich nicht, dass sie ständig den Flirtversuchen der Jungs ausgesetzt sein musste. Nachdem sie aus dem Bad zurückkam, saßen wir noch weitere zwei Stunden zusammen, bis unsere Müdigkeit siegte. Der Flug und die Zeitverschiebung machten uns zu schaffen. Wir verabschiedeten uns von der Truppe und gingen in unser Zimmer. Als ich die Tür schließen wollte, konnten wir noch ein gemeinsam gerufenes ‚gute Nacht, MILLI!' hören, welches ich gekonnt ignorierte.

»Ich hätte nicht gedacht, dass so etwas möglich ist, aber deine Jungs sind wirklich genauso bescheuert wie du!«, lachend, und nur in Unterwäsche gekleidet, ließ sie sich auf unser Bett fallen und rekelte sich gähnend in den Kissen. Der Anblick war wunderschön. Sofort legte ich mich, selbst lachend und nur in Unterwäsche, neben sie und zog sie fest an meine Brust.

»Bist du glücklich, Babe?«

»Wieso fragst du? Sieht man mir das etwa nicht an?«

»Doch, schon, aber ich weiß auch, dass es heute und auch in den letzten Tagen alles ziemlich viel für dich war. Ich habe dich ganz schön überrumpelt mit dem Umzug, dem Hauskauf, den Jungs und auch den Medien.«

»Liam, ich habe mich selbst dazu entscheiden, all diese Schritte zu gehen.

Außerdem gehe ich diese Schritte nicht alleine, sondern mit dir zusammen.«

»Und genau das macht mich zum glücklichsten Menschen dieser verdammten Welt!«, ich hob mit zwei Fingern ihr Kinn an und gab ihr einen sanften, liebevollen Kuss auf ihre vollen Lippen, bevor wir gemeinsam einschliefen.

***

Die letzten drei Tage verbrachten wir die meiste Zeit im Bett. Da Ethan, um uns ein wenig Zweisamkeit zu gönnen, zu seinen Eltern gefahren war, konnten wir tun und lassen, was wir wollten. Wir schliefen lange, standen nach grandiosem Morgensex gemeinsam auf, duschten, aßen und wurden auf magische Weise wieder ins Bett befördert. Wir redeten und lachten so viel, dass Millis Stimme schon ganz heiser war. Von den lauten Lustschreien und dem Stöhnen mal ganz abgesehen. Alles hätte noch schöner sein können, wenn mir nicht ständig die Frage durch den Kopf ging, was damals passiert war. Mehrmals versuchte ich meine Eltern zu erreichen, doch sie gingen nie ans Telefon. Auch meine Großmutter, mit der ich inzwischen fast täglich telefonierte, hatte sie nicht erreicht. Fest stand, das ich alles Milli erzählen musste und genau das hatte ich jetzt vor.

»Babe?«

»Mh?«

»Ich muss dir noch etwas sagen ...«

»Wenn du mir sagen willst, dass du meinen BH zerstört hast, kann ich dich beruhigen. Das weiß ich schon!«, mit großen Augen sah ich sie an, denn ich hatte ihn im Wäschekorb extra gut versteckt. Sie setzte sich auf und schmunzelte mir entgegen.

»Du hast doch nicht wirklich geglaubt, dass der Wäschekorb ein gutes Versteck ist, oder?«, nun lachte sie laut und steckte mich damit an.

»Das war wohl die allgemein bekannte Männerlogik!«, sie stimmte mir zu und ich zog sie zurück in meinen Arm. Ausnahmsweise lagen wir mal auf dem Sofa und das sogar angezogen.

»Wir fahren morgen shoppen und ich kaufe dir zehn neue, in Ordnung? Aber du musst jeden vorher anprobieren und ihn mir vorführen. Danach haben wir hemmungslosen Sex in der Kabine und ..."

»Liam!«

»Ist ja schon gut! Darüber wollte ich auch gar nicht mit dir reden. Kannst du dich noch daran erinnern, als wir bei meiner Großmutter gegessen haben und sie kurz mit mir alleine reden wollte?«

»Das ist erst wenige Tage her, natürlich erinnere ich mich! Sie wollte mit dir über deine Eltern sprechen, oder?«

»Genau. Nur dass was sie sagte, war nicht sehr erfreulich!«, ich erzählte ihr alles, worüber meine Großmutter und ich geredet hatten und konnte erkennen, wie sich ihre Miene veränderte. Von wütend, über traurig, bis hin zur Enttäuschung.

»Und du glaubst wirklich, dass deine Eltern dich so sehr belogen haben? Ich kann mir das kaum vorstellen!«

»Ich eigentlich auch nicht, doch trotzdem ist an der Sache etwas faul. Weißt du, warum der Kontakt zwischen unseren Müttern damals abgebrochen ist?«

»Ehrlich gesagt habe ich mich in der Zeit nicht dafür interessiert. Immerhin hatte ich genug zu verarbeiten ...!«

»Ging mir nicht anders!«, wir umarmten uns noch fester und hingen für einige Minuten unseren Gedanken nach. Egal was passiert war, sie jetzt so im Arm zu haben, war Entschädigung genug.

»Hast du schon mit deinen Eltern darüber gesprochen?«

»Ich würde ja gerne, aber ich erreiche sie nicht. Ich kann mich nicht erinnern, wann sie das letzte Mal *nicht* ans Telefon gegangen sind. Das bestätigt mir nur noch mehr, dass irgendetwas nicht stimmt!«

»Wie wäre es, wenn wir meine Eltern anrufen und dazu befragen? Sie können uns wenigstens sagen, weshalb der Kontakt abgebrochen ist. Vielleicht bringt uns das schon ein Stück weiter!«, ich sah auf die Uhr und rechnete kurz nach, wie spät es in Deutschland war. Doch scheinbar war Milli im Kopfrechnen schneller als ich.

»Es ist erst 06:45 Uhr in Deutschland, das heißt, dass sie noch nicht auf der Arbeit sind und wahrscheinlich grade gemeinsam Frühstücken!«, sofort nahm ich mein Handy vom Wohnzimmertisch und gab es ihr. Sie gab

die Nummer ein, doch wählte sie noch nicht;
sah plötzlich traurig aus. Ich wusste sofort,
was los war und legte ihr beruhigend meine
Hände an die Wangen, gab ihr einen
zärtlichen Kuss auf die Nase.

»Milli, egal was wir rausfinden; nichts wird
uns trennen können! So etwas wie damals
wird nie wieder passieren, das werde ich nicht
zulassen!«

»Versprochen?«

»Versprochen!«

Sie wählte die Nummer, stellte den
Lautsprecher an und schon nach wenigen
Sekunden erklang die Stimme ihrer Mutter.

»Engelhard.«

»Hallo Mama. Störe ich?«

»Emmi, ist irgendetwas passiert?«

»Nein, mir ... uns geht es sehr gut. Wir wollen
nur mit euch sprechen.«

*»Gott sei Dank! Was gibt es denn? Hat er dir
einen Antrag gemacht? Bist du schwanger?«*,
sie hörte sich so euphorisch und glücklich an,
dass ich mich zurückhalten musste, um nicht
laut loszulachen.

»Nein, Mama! Liam hört übrigens grade mit!«,
ich grüßte sie und nun musste auch sie
lachen.

»Kannst du auch den Lautsprecher
anstellen? Wir möchten gerne mit euch beiden
reden!«

»Natürlich ... so, was gibt es denn?«

»Könnt ihr uns sagen, warum damals der
Kontakt zu Liams Eltern abgebrochen ist?«

Stille. Sekundenlange Stille, die uns wie Minuten vorkamen.

»Mama? Papa?«

»Wir haben uns ... gestritten.«

»Über was?«

»Über ... nichts Wichtiges!«, Milli und ich sahen uns an und wussten beide, dass sie uns nicht die Wahrheit sagte.

»Dann sag uns doch bitte, worum es ging!«

»Vielleicht solltet ihr lieber mit Liams Eltern darüber sprechen, sie können euch mehr dazu sagen!«

»Das würden wir ja, wenn ich sie erreichen könnte. Sie gehen seit Tagen nicht ans Telefon. Selbst bei meiner Oma nehmen sie nicht ab!«

»Kinder, wir werden euch nichts darüber sagen, außer dass wir vieles bereuen, was damals passiert ist. Es tut uns unglaublich leid, wisst ihr?«

»Was tut euch leid? Was bereut ihr?«, am anderen Ende der Leitung war ein Schluchzen zu hören.

»Sprecht einfach mit Liams Eltern. Bis bald!«

Ein Klacken in der Leitung ließ uns wissen, dass Millis Eltern aufgelegt hatten.

»Also auf meiner Liste der merkwürdigsten Anrufe schafft es dieser locker unter die Top Ten.«

»So seltsam habe ich meine Eltern noch nie erlebt!«, ich verstärkte den Griff um ihre Taille und zog sie näher an mich.

»Wir werden schon rausfinden, was hier falsch läuft. Moment ...!«, ich nahm mein

Handy wieder in die Hand, schaute auf unseren Tourplan und ließ mir die Route anzeigen, die wir für den Weg zum nächsten Auftritt zurücklegen mussten.

»Mit einem kleinen Umweg könnten wir sie spontan besuchen. Was hältst du davon?«

»Perfekt! Wann können wir los?«

Sofort rief ich meinen Manager an und klärte alles mit ihm ab, auch die Jungs informierte ich, die uns viel Glück bei der Wahrheitsfindung wünschten. Schon in der Früh sollte uns ein Fahrer nach Gracetown bringen.

***

»Warum bist du denn nicht mehr gegangen, als wir noch zu Hause waren?«

»Weil du mit deiner verdammt engen Jeans an mir vorbeigegangen bist und ich dir einfach hinterherlaufen musste! Weißt du eigentlich, wie verdammt gut dein Hintern darin aussieht? Da könnte ich gleich wieder ...«, ich strich ihr die Haare hinters Ohr und liebkoste die empfindsame Stelle darunter. Schon den ganzen Morgen machte mich ihr Anblick verrückt, denn ihre Beine steckten in hautengen, hüfttiefen Jeans, die an den Knien leicht kaputt waren. Mit den schwarzen Chucks, dem weiten, aber etwas bauchfreien Guns n´ Roses Shirt und den offenen, langen Haaren sah sie aus wie der perfekte Vamp.

»Liam! Der Fahrer ...?«

»Ist ja schon gut!«, natürlich konnte mein Manager keine Limousine mit Trennwand bestellen, sodass ich den Morgen ungevögelt überstehen musste. Und das bei diesem Anblick!

»Können wir dann jetzt bitte irgendwo anhalten? Ich platze gleich!«

»Wir sind in zwei Minuten da, Mr. Carter!«

Als wir an der Raststätte ankamen, stürmte ich sofort auf die Toiletten zu, während Milli uns zwei Becher Kaffee besorgte. Vor Glück seufzend konnte ich mich endlich erleichtern.

Keine zwei Minuten später öffnete ich die Tür und sah Milli, wie sie mit zwei Bechern in den Händen an der Limousine gelehnt stand und mich über beide Ohren angrinste. Schnell eilte ich zu ihr, legte meine Hände um ihre Taille und küsste ihren vollkommenen Mund, der schon nach süßem Kaffee schmeckte.

»Was grinst meine Schönheit denn so?«

»Ich habe nicht nur Kaffee mitgebracht!«, sie stieg vor mir in die Limousine und, noch bevor ich mich an ihrem knackigen Hintern festsehen konnte, setzte sie sich hin. Ich folgte ihr und sah die Eisbecher, die schon bereitstanden.

»Erdbeere und Schokolade?«

»Hast du etwa etwas Anderes erwartet?«, ich schüttelte lachend den Kopf und nahm ihr die Becher aus der Hand, stellte sie in die dafür gedachten Halterungen und gab ihr den Eisbecher mit dem Erdbeereis, nahm mir selbst den mit Schokoladeneis. Wie früher aßen wir nicht nur aus unseren eigenen Bechern, sondern aus beide gleichzeitig, sodass sich die Eissorten vermischten. Ich beobachtete sie und wartete auf den perfekten

Moment, in dem sie ihre Augen vor Genuss schloss. Sobald es geschah, presste ich meine Lippen auf ihre und musste lachen, als sie erschrocken ihre Augen öffnete.

»Na, woran erinnert dich das?«

»Unser erster Kuss! Du hast ihn nicht vergessen?«

»Wie könnte ich jemals etwas vergessen, das ich mit dir erlebt habe?«, meine Worte trieben ihr die Tränen in die Augen und sie sah mich überglücklich an. Ich legte meinen Arm um ihre Schulter, gab ihr einen Kuss auf den Scheitel und wir aßen im Stillen unser Eis.

Die restlichen zwei Stunden lenkten wir uns mit Reden, Lachen und leider viel zu wenig Körperkontakt ab, bis wir vor der Tür meiner Eltern hielten. Das Haus war groß, modern und für meine Verhältnisse viel zu protzig.

»Ihre Autos stehen vor der Tür. Das ist ein gutes Zeichen!«, ich sagte dem Fahrer, dass er auf uns warten sollte, nahm Millis Hand und ging mit ihr auf die Haustüre zu. Als ich klingelte, versteifte sie sich kurz und ich drückte leicht ihre Hand; gab ihr zu verstehen, dass ich bei ihr war. Auch wenn ich selbst nervös und aufgeregt war, hatte ich es nach jahrelanger Bühnenerfahrung gut überspielen können.

Die Tür wurde geöffnet und meine Mutter sah uns mit weit geöffneten Augen entgegen. Ihr Mund klappte auf und sie fing undeutlich an zu stottern.

»Mutter! Freut mich auch dich zu sehen! Stören wir?«, schon im Sprechen drückte ich die Tür weiter auf und ging, natürlich immer noch mit Milli an der

Hand, einfach ins Wohnzimmer, in dem mein Vater saß. Auch er schaute uns irritiert an und sprang auf.

»Liam, Emmi! Was für eine Überraschung! Wie kommen wir zu der Ehre?«, man merkte ihm die Nervosität an.

»Ich habe mir Sorgen gemacht, da ihr die letzten Tage nicht ans Telefon gegangen seid!«

»Wir hatten … ehm … Probleme mit der Verbindung.«

Er machte eine Handbewegung zum Sofa, auf das wir uns setzen sollten. Wir kamen dem nach und meine Eltern setzten sich dazu. Als ich bemerkte, dass Milli zu zittern begann, legte ich meinen Arm um ihre Schulter und zog sie nah an mich. Sofort wurde sie etwas lockerer und umfasste meine Hand, die noch immer in ihrer lag. Als ich wieder auf meine Eltern achtete, konnte ich sehen, wie sie seltsame Blicke austauschten.

»Ich habe aus einem bestimmten Grund versucht euch zu erreichen …!«

»Und der wäre?«

»Warum habt ihr mich damals belogen?«, sie verspannten sich sichtlich und sahen sich leicht panisch an, als meine Mutter schon das Wort ergriff.

»Ich weiß nicht, wovon du sprichst!«

»Ach? Soll ich euch auf die Sprünge helfen? Wie wäre es denn damit, dass ihr mir sagtet, ich könnte nach drei Monaten zurückfliegen, falls mir Australien nicht gefällt? Oder das meine Oma krank wäre, obwohl es ihr scheinbar sehr gut ging?«, verunsichert fing meine Mutter an zu lachen.

»Wer … wer erzählt dir denn so etwas?«

»Das könnt ihr euch doch denken, oder? Warum rückt ihr nicht einfach mit der Wahrheit raus?«

»Das ist die Wahrhe ...«
»Mum! Hör auf mich zu verarschen!«, ich hatte es noch nicht ganz ausgesprochen, als mein Vater schon wütend aufsprang.
»Liam! Sprich nicht so mit deiner Mutter! Wir haben das doch alles nur getan, um dir ein perfektes Leben zu ermöglichen!«, auch ich sprang auf und stellte mich mit angespanntem Körper vor ihn, konnte ihm genau in die Augen sehen, da wir gleichgroß waren.
»Was habt ihr getan? WAS?«
»Wir haben dich vor deinen jugendlichen Dummheiten bewahrt! Meinst du, wenn du zurück nach Deutschland gegangen wärst, hättest du jemals das werden können, was du heute bist? Ein weltbekannter Star?«, seine Stimme wurde immer lauter und wütender. Er sah hinter mich und zeigt auf Milli, woraufhin ich meine Fäuste ballte. Er musste nur ein falsches Wort sagen ...
»Wir wussten, dass wir dich ohne die Möglichkeit, zurück zu ihr zu gehen, niemals nach Australien bekommen hätten. Aber du glaubst doch wohl nicht, dass wir es zugelassen hätten, dass du für *sie* deine Karriere hinschmeißt, oder? Für eine Jugendliebe, die sich bei der erstbesten Gelegenheit sowieso von dir trennt? Sobald sie einen besseren findet?«, das war zu viel. Ich holte aus und traf ihn genau an der Nase, die sofort anfing zu bluten. Während er immer weiter zu Boden sank, drehte ich mich zu Milli und sah sie entschuldigend an, doch ihr Blick war tränenüberströmt auf meinen Vater gerichtet.
»LIAM! Wie konntest du deinen eigenen Vater schlagen?«, meine Mutter lief aufgeregt zu ihm und half ihm wieder hoch, doch das war mir egal. Ich kniete mich vor meine große Liebe und nahm ihr

Gesicht in beide Hände, damit sie mich angucken musste.

»Milli, es tut mir leid. Ich hatte mich nicht unter Kontrolle. Er hat so schlimme Sachen über dich gesagt, da konnte i ...«, schluchzend legte sie mir ihren Zeigefinger auf die Lippen, was mich sofort verstummen ließ.

»Kö ... können wir bitte gehen? Ich halte es hier keine Minute länger aus!«, sofort legte ich ihre Arme um meine Schultern, meine Hände hinter ihren Rücken und nahm sie hoch an meine Brust. Ohne meinen Eltern eines Blickes zu würdigen, trug ich mein Mädchen raus.

»Liam! Warte doch! Lass es uns erklären!«, mein Vater rief mir hinterher, während ich meine Mutter nur schluchzen hörte, doch es war mir vollkommen egal. Ich setzte mich mit Milli in die schwarze Limousine und sagte dem Fahrer, dass er uns in das gebuchte Hotel bringen sollte, bevor ich ihr in die Augen sah und meine eigenen Tränen wegblinzelte.

Ich brauche einen Rockstar!
Emilia

Ich konnte noch immer nicht glauben, was Liams Vater gesagt hatte und wenn ich in diesem Moment vor ihm gestanden hätte, dann wäre Liams Reaktion genau die meine gewesen. Inzwischen lagen wir seit vielen Stunden im Hotelbett und redeten über die Vergangenheit; suchten nach der Antwort auf unsere vielen Fragen. Leider konnten wir meine Eltern nicht erreichen, um herauszufinden, wie viel sie wussten. Liam hatte schon kurz nach dem Gespräch seine Großmutter informiert, die selbst nicht glauben konnte, was wir erzählten. Sie konnte uns leider nicht helfen, da sie von alldem nicht gewusst hatte.

»Ich war zwar oft im Studio, aber ich kann mir nicht vorstellen, dass es immer genau dann war, wenn du angerufen hast. Außerdem haben meine Eltern mir nie etwas davon gesagt, dass du dich gemeldet hast. Sonst hätte ich in jedem Fall zurückgerufen!«

»Mir geht es nicht anders! Ich habe in der Zeit viel Nachhilfeunterricht gegeben, aber meistens bei uns zu Hause! Ich kann mir nicht vorstellen, dass ich dich ständig verpasst habe. Ich kann nicht verstehen, warum meine Eltern, die sich ja scheinbar in dieser Zeit mit deinen zerstritten haben, mitgespielt haben! Sie haben täglich gesehen, wie ich leide ... wieso ... wieso haben sie mir nichts gesagt?«, wieder konnte ich meine Tränen nicht zurückhalten. Die Gedanken, dass meine Eltern uns voneinander ferngehalten haben könnten, machte mich fertig. Sofort nahm Lima mich fester in seinen Arm und verteilte Küsse auf meinem Gesicht.

»Babe, wir wissen noch nicht, was deine Eltern damit zu tun haben. Sobald wir sie erreichen, werden wir hoffentlich mehr erfahren.«

Als ich antworten wollte, klingelte Liams Handy. Es waren wieder seine Eltern, die unentwegt versuchten, mit ihm Kontakt aufzunehmen.

»Sie scheinen ja wirklich ein schlechtes Gewissen zu haben. Möchtest du noch immer nicht rangehen?«

»Ich weiß es nicht. Einerseits will ich erfahren, wie und warum alles passiert ist, aber andererseits ... keine Ahnung!«

»Vielleicht solltest du einfach rangehen. Alleine schon, damit wir endlich Antworten bekommen. Lass ihnen die Chance sich zu erklären, danach sehen wir weiter!«, ich grinste ihn aufmunternd an und gab ihm einen verträumten Kuss auf seine sanften Lippen, den er mit Freude erwiderte.

»Du hast recht. Bereit?«

»Bereit!«

»Ich höre!«

»Liam! Gott sei Dank! Wir haben uns solche Sorgen gemacht!«

»Ihr habt fünf Minuten! Ich würde mich beeilen!«

»Kind, dein Vater hat es eben vollkommen falsch ausgedrückt! Wir hatten nie etwas gegen eure Beziehung und dachten auch nie schlecht über Emmi, das musst du uns glauben! Wir sind unheimlich glücklich darüber, dass ihr wieder zueinandergefunden habt!«

»Wie habt ihr es gemacht?«

»Was meinst du?«

»Der Kontakt! Wie habt ihr es geschafft, dass wir so schnell den Kontakt abgebrochen haben?«

»Du weißt doch sicherlich noch, dass dein Vater immer zur Post gegangen ist, um die Briefe abzugeben, oder? Als wir bemerkten, dass du nach fast drei Monaten noch immer zu ihr zurückwolltest, hat er deinen letzten Brief einbehalten. Liam, er hat ihn nie abgeschickt!«

»Aber wieso das alles? Und was haben Millis Eltern damit zu tun?«

»Als wir noch in Deutschland waren, erkannten schon viele Leute dein Talent und baten uns an, dieses zu fördern und einen großen Star aus dir zu machen. Wir verschickten das Video, auf dem du mit deiner Gitarre im Garten saßt und sangst, an viele Produzenten, darunter auch in Australien. Dein Vater stand im ständigen Kontakt zu deinem Onkel, der wollte, dass er wieder nach Australien kommt und in die Firma mit einsteigt. Als dann auch noch das wahnsinnige Angebot eines Produzenten zurückkam, haben wir nicht groß nachgedacht und angenommen. Niemals hättest du in Deutschland diese Möglichkeiten gehabt! Wir wollten immer nur das Beste für dich!«

»Habt ihr euch mal überlegt, dass es vielleicht das Beste gewesen wäre, mich selbst entscheiden zu lassen?«

»Damit du jetzt in Deutschland sitzen würdest, mit einem schlecht bezahlten Job und wahrscheinlich noch nichts von der Welt gesehen hättest? Das kann wohl kaum dein Traum gewesen sein!«

»Es war aber auch nicht mein Traum, in Australien zu leben. Oder Rockstar zu werden. Oder irgendeinen Scheiß zu tun, den ihr für gut befunden habt! Ich wollte einfach nur zurück zu meinem Mädchen!«

»Du hast sie doch jetzt zurück!«

»Jetzt! Nach ZEHN Jahren!! Ihr habt uns ZEHN Jahre genommen! Ihr habt dafür gesorgt, dass euer Sohn und seine große Liebe zehn verfickte Jahre traurig und verletzt durchs Leben gingen!«

»Ihr wart 16 Jahre alt! Wir dachten, dass alles wäre nur eine Phase, die sich schnell wieder legt.«

»Eine Phase? Das mit uns war niemals eine Phase und ihr als Eltern, hättet das bemerken müssen. Ich glaube euch kein Wort! Eure fünf Minuten sind vorbei!«

»Liam! Warte!«

»WAS?«

»Werdet ihr uns jemals verzeihen?«, mittlerweile war ihr Schluchzen laut und deutlich zu hören.

»Vielleicht. Vielleicht auch nicht. Lasst uns bitte einfach die nächsten Tage in Ruhe.«

Er beendete das Gespräch und strich sich mit einer Hand über sein Gesicht.

»Milli, kannst du mir etwas versprechen?«

»Was denn?«

»Wenn wir mal Kinder haben, dann werden wir nie so über ihr Leben entscheiden, Okay?«

»Versprochen!«

Wir lächelten uns an, denn der Gedanke an unsere gemeinsame Zukunft war wunderschön. Ich könnte mir nichts Besseres vorstellen, als irgendwann eine kleine Kopie meiner großen Liebe auf dem Arm zu halten. Als ich aufstand, um aus der Minibar Getränke zu holen, knurrte mein Magen so laut, dass Liam nur anerkennend schaute.

»Respekt! Dein Bauch weiß sich wirklich bemerkbar zu machen!«, er lachte laut los, als ich ihm ein Kissen an den Kopf warf.

»Hör auf zu scherzen und such lieber die Speisekarte, damit wir etwas aufs Zimmer bestellen können! Ich möchte heute nicht so gerne unter Leute ...!«

»Geht mir auch so!«, er sah kurz die Hotelunterlagen durch, als er schon wenige Momente später triumphierend die Speisekarte in die Luft hielt. Ich stellte die kalten Getränke auf den Nachttisch und krabbelte zurück auf das Bett, direkt in Liams Arme. Wir suchten uns gemeinsam viele Leckereien aus, die ich sofort telefonisch bestellte.

»Ich bin froh, dass wir es jetzt erst erfahren haben. Wenn du bei mir bist, mich ansiehst oder berührst, kommt es mich gar nicht mehr schlimm vor. Wer weiß, was ich sonst noch mit meinem Vater gemacht hätte!«

»Mach dir deswegen bitte keinen Kopf. Es war nicht richtig so zu handeln, aber nachvollziehbar!«

»Vielleicht sind wir ja jetzt quitt, immerhin waren seine Worte auch wie ein Schlag ins Gesicht. Ich bin nur auf die Erklärung deiner Eltern gespannt!«, ich stimmte ihm zu und setzte mich rittlings auf seinen Schoß, nahm sein großes Gesicht in meine Hände und sah ihm tief in die Augen.

»Lass uns nicht mehr davon sprechen, Okay? Es wird sich alles aufklären, da bin ich mir sicher!«, ich küsste ihn sanft auf seine Nasenspitze, was ihm ein atemberaubendes Lächeln entlockte.

»Du hast recht. Themawechsel! Freust du dich auf das Konzert morgen?«, er legte seine Arme um meine Hüfte und zog mich noch näher an sich.

»Freuen? Ich bin total aufgeregt! Ich war noch nie auf einem Konzert und dann auch noch dich auf der Bühne zu sehen ... ich kann es kaum erwarten!«

»Hast du denn deine Hausaufgaben erledigt und die Lieder auswendig gelernt?«

»Ich kann jedes Lied perfekt mitsummen, reicht das?«, wir prusteten zusammen los. Auch wenn die momentane Situation alles andere als lustig war und uns im Normalfall runterziehen müsste, konnte uns nichts die Stimmung verderben. Liam hatte recht; wenn man das Leid teilt, kommt es einem nicht mehr allzu schlimm vor. Außerdem hatten wir uns, was wollten wir mehr?

Am nächsten Morgen sah die Welt schon wieder anders aus. Nach dieser unglaublichen Nacht, die mit hemmungslosem, aber gefühlvollem Sex und einem von ihm gesungenen Gutenachtlied geendet hatte, dachte ich wirklich, dass mich nichts mehr runterziehen könnte. Bis ich auf mein Handy sah und die Nachricht meiner Mutter entdeckte.

Mama: Hallo Liebes! Da wir heute sehr viel Stress auf der Arbeit hatten, konnten wir uns früher nicht melden. Liams Eltern haben uns eben erreicht und uns erzählt, dass ihr nun die Wahrheit kennt. Ich würde es dir gerne persönlich sagen, doch da wir nicht mehr auf demselben Kontinent wohnen, ist es nicht möglich. Wir wollten das damals alles nicht, doch hatten keine andere Wahl. Liams Eltern erzählten uns von ihrer Lüge und baten uns, jeden Anruf oder sonstigen Kontaktversuch zu blockieren. Wir wollten uns nicht darauf einlassen, denn wir wussten, wie sehr ihr euch liebt, und sahen auch, wie sehr du unter der Trennung auf Zeit leidest. Wir haben uns furchtbar gestritten und gerade, als wir das Gespräch beenden wollten, boten sie uns eine hohe Summe Geld an, die wir zu diesem Zeitpunkt nicht abschlagen konnten. Wir hatten Schulden und dein Vater stand kurz davor seinen Job zu verlieren. Wenn wir das Geld nicht angenommen hätten, dann hätten wir sogar unser Haus verloren. Wir ließen uns darauf ein, da wir nicht wussten, wie wir anders aus dieser Situation kommen sollten. Wenn ich die Zeit zurückdrehen könnte, würde ich es tun. Denn deine Trauer, deine Wut und deine Enttäuschung war jeden Tag eine viel größere Strafe, als alles Geld der Welt zu verlieren. Wir haben das Glück unserer Tochter verkauft, um unser Glück nicht zu verlieren. Wir hoffen, dass du uns irgendwann verzeihen kannst. Ich schäme mich dafür, dass ich dir das alles in einer Nachricht schreibe, aber ich musste es endlich loswerden und wollte euch nicht wecken. Wir lieben dich über alles, Emmi! Es tut uns so unendlich leid! Ruf mich jederzeit an, wenn du sprechen möchtest, ich bin immer für dich da!

Ich legte das Handy zurück auf den Tisch und musste mich setzen. Sie haben mein Glück, meine Liebe verkauft.

»Was ist passiert? Du bist total blass! Ist dir nicht gut?«, er kniete vor mir und legte seine Hand an meine Wange, sah mich besorgt an. Ich wollte ihm antworten, doch die Worte verließen meinen Mund nicht. Ich zeigte auf mein Handy, das er sofort in die Hand nahm und die noch geöffnete Nachricht sah. Er las sich den Text durch, während er durchgehend meine Hand hielt.

»Fuck!«, noch immer vor mir kniend zog er mich auf seinen Schoß und legte meinen Kopf an seine Brust, den er sofort beruhigend streichelte. Lange saßen wir schweigen beieinander, bis Liam die Stille durchbrach.

»Was denkst du?«

»Ich denke, dass ich meinen Eltern verzeihen werde!«, erschrocken sah er mich an, was mich veranlasste, die Stirn zu runzeln.

»Tut mir leid, ich finde das richtig gut, aber habe nicht damit gerechnet.«

»Sie hatten Probleme, in die ich mich nicht reinversetzen kann. Sie hätten niemals so gehandelt, wenn es nicht nötig gewesen wäre.«

»Ich kenne keine Frau, die so verständnisvoll ist wie du. Du hast so ein gutes Herz!«

»Das liegt an dir. Wenn du dabei bist, kann ich an kaum etwas Negatives denken. Du bist mein Licht in der Dunkelheit. Seit du wieder bei mir bist, bin ich viel stärker geworden.«

»Bist du denn auch stark genug, um gleich mit drei Idioten und deinem Traummann in einem Tourbus zu fahren?«

»Mit euch kann ich es doch locker aufnehmen!«, ich grinste ihn frech und lasziv an, was ihn dazu veranlasste, ruckartig aufzustehen, mich über die Schulter zu legen und aufs Bett zu schmeißen. Wie eine Raubkatze über ihrer Beute beäugte er mich.

»Ich hoffe, dass du es in den nächsten Minuten mit mir aufnehmen kannst!«

***

Liam hatte nicht unrecht mit dem Wort *Idioten*, nur, dass es nicht drei, sondern vier waren. Und Liam war mit Abstand der schlimmste von allen.

Ethan, William und Cooper ließen es sich nicht nehmen, uns persönlich im Hotelzimmer abzuholen. Und wenn ich *im* Hotelzimmer sage, dann meine ich das auch so. Irgendwie haben die *Idioten* es geschafft, sich eine Schließkarte für unser Zimmer zu besorgen und standen auf einmal mitten im Raum. Zum Glück hatten wir uns kurz zuvor wieder angezogen und standen schon abreisefertig vor ihnen.

Nun saßen wir in dem Bus, der uns zur Konzerthalle bringen sollte und ich hatte Bauchschmerzen vor Lachen. Es könnte keine bessere Ablenkung geben, als diese vier trommelnden und singenden Trottel, denen scheinbar nichts peinlich war. Als sie sich etwas ausgepowert hatten und ein wenig mehr Ruhe eintrat, erzählten mir die drei viele Geschichten von früher, die Liam wegen Peinlichkeit ausgelassen hatte. Mehrmals mahnte er die Jungs an, dass sie nichts erzählen sollten, doch ich quetschte alles aus ihnen heraus.

»... und dann musste er noch bis zur Kabine laufen, mit der gerissenen Hose!«, alle, bis auf Liam, prusteten wieder los.

»Ja, lacht ihr nur! Hauptsache keiner wollte mir helfen! Die ganze Nation hat meinen nackten Arsch gesehen, ihr Penner!«

»Ihr *Arsch* kann sich aber auch sehen lassen, Mr. Carter!«, ich flüsterte ihm die Worte ganz nah an sein Ohr, sodass meine Lippen es leicht berührten. Sofort bekam er eine Gänsehaut und sah mich mit wollendem Blick an. Ich war immer wieder begeistert, wie schnell und leicht ich ihn erregen konnte.

»Mrs. Engelhard, sind Sie etwa bereit für eine weitere Runde?«

»Nicht hier und nicht jetzt! Spar dir deine Kräfte, du musst heute noch auf die Bühne!«, ich gab ihm einen frechen Kuss auf die Wange und grinste ihn schelmisch an, drehte mich danach wieder zu den Jungs, um weitere Geschichten über Liam zu hören.

»Warte ab, Milli. Wenn wir heute Abend im Hotel sind, dann ...!«, er sprach nicht weiter, sondern biss mir leicht in den Hals. Die Vorfreude konnte man uns beiden ansehen.

Die Fahrt dauerte noch lange, doch sie kam mir unglaublich kurz vor. Zum Ende hin wurden die Geschichten noch lustiger, denn es wurde nicht mehr nur von Liam erzählt, sondern auch den anderen passierten Sachen, die man sich kaum vorstellen konnte. Gerne hätte ich auch etwas über mich erzählt, doch mein Leben war bis zu diesem Zeitpunkt eher langweilig und eintönig.

***

»Oh mein Gott! Wie viele Menschen sind das?«

»Ungefähr 65.000, wir spielen heute mal etwas kleiner!«, er zwinkerte mir zu, während ich noch immer mit offenem Mund dastand und auf die Massen sah. Noch nie hatte ich so viele Menschen auf einem Fleck gesehen und alle, wirklich ALLE, brüllten den Namen *meines* Freundes! Ich schaute zu Liam, der sich einen Apfel nahm und genüsslich reinbiss. Er streckte den Arm nach mir aus und zog mich zu sich.

»Bist du nicht nervös?«

»Natürlich, aber es ist eine schöne und gewohnte Nervosität.«

Er hielt mir seinen Apfel hin, sodass ich abbeißen konnte, was ich auch direkt tat.

»Und wie läuft das jetzt ab?«

»In wenigen Minuten geht die Vorgruppe auf die Bühne und heizt die Stimmung an ...«

»... noch mehr? Die flippen doch jetzt schon vollkommen aus?«, er lachte heiser und wunderschön, sah mich von oben an und gab mir einen Kuss auf den Scheitel.

»Du wirst dich wundern, aber das ist noch harmlos! Jedenfalls spielen sie eine halbe Stunde und kurz darauf gehen wir auf die Bühne, du wirst dann dort hinten stehen. Von da aus kannst du alles perfekt sehen.«

Er zeigte auf eine Stelle vor der Bühne, die von hinten nur schlecht eingesehen werden konnte.

»Außerdem kann ich dich von dort aus perfekt sehen und das ist noch wichtiger!«

»Denkst du etwa mir könnte hier etwas passieren?«

»Nein, aber ich halte es keine zehn Minuten aus, ohne dich anzusehen! Zudem kann ich viel besser und gefühlvoller singen, wenn ich die Frau sehe, für die ich all die Lieder geschrieben habe!«, gerührt legte ich meine Arme um seinen Hals und zog ihn in einen Kuss, der all meine Gefühle für ihn ausdrücken sollte.

»So darfst du mich ruhig immer Küssen!«

»Ich werde es mir merken ...!«

»Möchtest du dir den Opening Act ansehen? Die Band ist wirklich gut.«

Ich stimmte ihm zu und wir gingen gemeinsam an den Punkt, von dem aus ich mir auch Liams Show ansehen sollte. Die Sicht auf die Bühne war großartig und die Akustik genial, auch die Band konnte mit ihren Songs überzeugen. Kurz vor Ende verabschiedete sich Liam von mir, da er sich noch vorbereiten musste. Ich genoss das letzte Lied und nutze die Zeit bis zum Auftritt, um meiner Mutter eine Nachricht zu schicken.

Emilia: Ich werde euch verzeihen. Ich liebe euch!

Als es in der Halle immer lauter wurde und die Fans sich die Seele aus dem Leib brüllten, betraten die *Outsiders* die Bühne. Sie stellten sich an den Rand der Bühne und begrüßten ihre Fans, die noch lauter wurden. Mein Blick haftete an Liam, der nichts weiter als eine kaputte, enge Jeans, ein weißes Shirt und seine ausgetragenen Chucks anhatte. Als er mich ansah und mir zuzwinkerte, klopfte mein Herz noch schneller und meine Beine wurden weich.

Jedes Lied, das sie spielten, wurde von den Fans lauthals mitgesungen. Alle feierten die Jungs und die Halle bebte. Auch ich konnte einige Texte mitsingen und ließ mich von der Musik treiben. Immer wieder bemerkte ich Liams Blicke und fühlte mich dadurch, als könnte ich schweben.

»Das letzte Lied ist eines unserer Ersten und mit Sicherheit das bekannteste. Ich habe es damals für eine ganz besondere Frau geschrieben, die mich heute zum ersten Mal begleitet. Das hier ist nur für dich! Ich liebe dich, Milli!«, sofort schossen mir die Tränen in die Augen, denn ich wusste, welcher Song nun folgte. Auch, dass er meinen Namen vor all seinen Fans genannt hatte und sogar seine Liebe zu mir gestand, machte mich unsagbar stolz und glücklich.

Er setzte sich auf einen hohen Hocker, der extra auf die Bühne gebracht wurde, stellte sich das Mikrofon ein, nahm seine Gitarre und drehte sich in meine Richtung. Die ersten Töne von ‚i´m nothing without you‘ erklangen und meine Gänsehaut breitete sich aus. Er sah mir tief in die Augen und für einen Moment war es, als wären wir vollkommen alleine. Noch nie zuvor hatte ich etwas so Gefühlvolles gehört.

Das Lied endete und sie Massen flippten vollkommen aus und riefen im Chor meinen Namen.

»Freunde, so darf nur ich sie nennen! Ihr dürft aber gerne *Emmi* zu ihr sagen!«, nicht nur die Jungs, sondern auch das Publikum fing an zu lachen und sofort änderten sie den Namen.

»Babe, ich glaube sie wollen dich kennenlernen!«, er sah mich fragend mit hochgezogenen Augenbrauen an. Sollte ich jetzt wirklich zu ihm auf die Bühne kommen? Ich sah zu Ethan, der nur ermutigend nickte. Auch die Cooper und William waren von der

Idee begeistert, also nickte ich Liam leicht zu. Er streckte seine Hand aus und kam mir entgegen. Ich nahm sie dankend an und sofort zog er mich auf die Bühne, direkt in seine Arme.

»Darf ich euch vorstellen? Emilia, meine große Liebe, Engelhard!«, ich winkte dem vor Begeisterung ausflippenden Publikum zu, bis Liam mich zu sich zog und mir vor allen Leuten einen einnehmenden Kuss gab. Die Jungs gesellten sich zu uns und wir nahmen uns alle an den Händen, bevor wir uns verbeugten und die Bühne verließen.

»Wie könnt ihr nur so locker da oben stehen? Meine Knie fühlen sich noch immer an wie Gummi!«

»Das lag nicht an der Bühne, sondern an meinem Kuss!«, Ethan, Cooper und William seufzten genervt und zugleich belustigt, bevor sie wieder auf die Bühne stürmten, um eine Zugabe zu spielen.

»Du wirst übrigens morgen in allen Medien zu sehen sein und weißt du was? Es macht mich zum glücklichsten Menschen dieser verdammten Welt, dass jetzt jeder weiß, dass diese unglaubliche Frau an meine Seite gehört. Nur an meine Seite!«, auch ich war sehr glücklich, obwohl die Situation mir ebenfalls Angst machte. Doch ich war nicht alleine und das war alles, was zählte.

»Ich bin in wenigen Minuten wieder bei dir!«, mit einem flüchtigen Kuss verabschiedete er sich, rannte zurück auf die Bühne, was die Fans abermals zum Ausrasten brachte und spielte noch zwei Songs, bei denen niemand stillhalten konnte.

Alle lieben Milli!
Liam

Alle Preise, Ehrungen und sonstiger Scheiß konnten mich nicht so stolz und glücklich machen, wie das Lächeln auf dem Gesicht meines Mädchens, als ich auf der Bühne stand. Und als sie dann auch noch auf die Bühne kam, hätte sie mich nicht stolzer machen können. Das Blitzlichtgewitter, das in diesem Moment über uns einbrach, hatte sie gar nicht bemerkt oder erfolgreich ausgeblendet. Sie war so natürlich, so wunderschön, dass sie auf jeder Zeitung das Titelblatt kürte. Natürlich war ich auch zu sehen, doch Milli stahl mir sowieso die Show. Glücklicherweise war nur Positives über *den sexy Rockstar und die bildschöne Deutsche* zu lesen, wie es auf vielen Titeln hieß. Und sie hatten vollkommen recht. Auf den meisten Fotos stand Milli neben mir, in ihrer hautengen schwarzen Jeans, dem engen, aber schlichten gelben Top und den dazu passenden gelben Chucks. Ihre Haare fielen glatt und weich über ihre Schultern, bis runter zu ihrer Hüfte. Doch die schönsten Bilder waren diese, die uns bei unserem ersten offiziellen Kuss zeigten. Ihr durchgestreckter Hals, die vorstehenden Brüste, ihre schlanken Beine, die durch die auf Zehenspitzen gestellten Füße noch schöner wirkten und ihre Haare, die locker nach hinten fielen. Man konnte sehen, wie sich an meine Hand schmiegte, die an ihrer Wange lag. Durch und durch perfekt. Und damit meine ich nicht nur die Bilder.

Ich wurde aus meinen Gedanken gerissen, da mein Handy klingelte.

»Glücklichster Mensch der Welt.«
»Hallo Mr. Carter, Lennard Grounder hier!«
»Hallo Mr. Grounder. Sie haben sicherlich heute Morgen schon die Zeitung gelesen, habe ich recht?«
»Das habe ich allerdings. Sie haben sich dafür entschieden, ihre Freundin schon jetzt zu präsentieren. Das war die richtige Entscheidung, Mr. Carter.«
»Danke, der Meinung bin ich auch!«
»Die Medien lieben sie!«
»Nicht so sehr wie ich!«, er lachte laut auf und auch ich musste schmunzeln.
»Das glaube ich Ihnen aufs Wort! Ich habe auch noch eine gute Nachricht für Sie!«
»Ich höre!«
»Ich habe das perfekte Haus für sie gefunden. Laut ihrer Beschreibung passt es perfekt zu Ihnen beiden.«
»Wann können wir es uns ansehen?«
»Wie wäre es mit übermorgen?«
»Sehr gut! Schicken Sie uns einen Wagen und sagen Sie dem Fahrer, dass er den Zielort nicht verraten soll. Es soll eine Überraschung werden!«
»Kein Problem. Es freut mich sie so glücklich zu sehen, Mr. Carter!«
»Wenn alles so bleibt, wie es ist, werden Sie mich nie wieder traurig erleben!«

Mit dieser tollen Nachricht im Hinterkopf schrieb ich die Liste zu Ende, faltete sie und steckte sie in ein Fach meines Portemonnaies. Auf das jeder letzte Wunsch mit Bravour erfüllt wird!

Ein Jahr später...
Emilia

Das Konzert war ausverkauft, das Open Air Gelände platze aus allen Nähten. Die Deutschlandtour war ein voller Erfolg und das letzte Konzert spielte ganz in der Nähe unserer alten Heimat, sodass Liams Großmutter, meine Eltern und viele unserer ehemaligen Nachbarn dabei sein konnten. Auch Liams Eltern waren dabei, mit denen wir uns langsam wieder annäherten. Zwar war die Situation noch immer angespannt, doch als wir vor neun Monaten unsere Einweihungsparty feierten, führten wir ein klärendes Gespräch, das uns allen guttat. Wir standen alle genau vor der Bühne, in einem abgetrennten Bereich, und warteten darauf, dass die Band die Bühne betrat. Meine Mutter schenkte mir noch ein Glas Sekt ein, welches ich mit Freude annahm.

»Es geht los, Emmi! Da kommen sie! Ich bin so aufgeregt! Bist du nicht aufgeregt?«

»Ehrlich gesagt bin ich, auch nach dutzenden Konzerten, noch immer aufgeregt! Aber es ist ein schönes Gefühl!«

Liam, Ethan, Cooper und William betraten die Bühne und die Fans flippten, wie gewohnt, vollkommen aus. Auch Elisa und meine Eltern waren aus dem Häuschen, sprangen, klatschten und schrien, was mich schmunzeln ließ. Als ich zu Liam auf die Bühne sah, traf ich direkt seine Augen, denn er beobachtete mich amüsiert. Noch immer war unsere Liebe wie am ersten Tag. Niemals könnte ich mir ein Leben ohne Liam vorstellen.

***

Als die Jungs nach dem letzten Lied die Bühne verließen, war nichts von Liam zu sehen. Sie kamen auf mich zu und nahmen mich in ihre Mitte, bevor irgendjemand mir die Augen verband.
»Was soll das? Was habt ihr vor? Wenn ihr mich jetzt verschleppt ... ihr wisst, was Liam dann mit euch macht, oder?«, die Jungs lachten nur und schoben mich ein paar Treppenstufen rauf, als ich schon das Publikum kreischen hörte. Stand ich etwa auf der Bühne?
Plötzlich wurde es ganz still und ruhige Gitarrenklänge ertönten. Es war die Anfangsmelodie von ‚i´m nothing without you‘. Als mir die Augenbinde abgenommen wurde, sah ich auf eine große Leinwand, die ein Kinderfoto von Liam und mir zeigte. Mit tränenüberfluteten Augen blickte ich mich um, ich war ganz alleine auf der großen Bühne. Liams Stimme setzte ein, doch hörte sie sich anders an. Schnell stellte ich fest, dass es sich um eine Aufnahme handelte, doch es war nicht das Original. Ich sah wieder auf die Leinwand. Das Bild veränderte sich und es war ein neues zu sehen, auf dem wir nebeneinander in dem Sandkasten vor meinem Elternhaus saßen. Ein weiteres Bild zeigte uns an Karneval in passenden

Kostümen. Bei dem Anblick musste ich schmunzeln, denn ich war als Susi verkleidet und Liam als Strolch. Selbst die Portion Spaghetti hatten wir damals dabei. Das Bild wechselte wieder und der Text änderte sich. Es war nicht der normale Text zu dem Song, sondern eine neue Version, die viel persönlicher auf unsere Geschichte passte.

Zum Ende hin liefen immer mehr Tränen meine Wange hinab und die Gänsehaut verteilte sich auf meinem ganzen Körper. Das letzte Bild zeigte uns vor unserem Haus, wie Liam mich auf seinen Armen über die Schwelle trug. Meine Mutter hatte das Bild geschossen, genau in dem Moment, als wir uns vor Glück küssten. Seine Stimme wurde, wie auch im Original, immer leiser, doch er sang nicht darüber, ob wir uns jemals wiedersehen würden, sondern, dass ich mich umdrehen sollte. Mit zitternden Händen wischte ich mir die Tränen weg und drehte mich um.

Liam kniete vor mir, in der Hand ein kleines Kästchen, in dem sich ein wunderschöner diamantbesetzter Ring befand. Ich schluchzte auf und konnte noch immer nicht fassen, was grade passierte.

»Milli, mein Mädchen, meine große Liebe! Seit über einem Jahr bist du wieder an meiner Seite, seit über einem Jahr weiß ich endlich wieder, was Leben bedeutet. Du machst mich jeden Tag mit den einfachsten und normalsten Dingen zum glücklichsten Menschen der Welt, liebst und akzeptierst mich, wie ich bin. Wenn du bei mir bist, habe ich das Gefühl, alles zu schaffen. Ich liebe dich mehr als mein eigenes Leben, von hier bis zum Mond und wieder zurück. Bitte, mach unser Glück perfekt und sag einfach ja. Willst du meine Frau werden?«, mehrere Tränen lösten sich aus seinen Augenwinkeln und seine Stimme wurde von Wort zu Wort brüchiger. Mehr als 70.000 Menschen, die vor der Bühne standen, waren so still, dass ich Liams schnelle Atmung hören konnte. Erwartungsvoll sah er mich mit seinen großen, wunderschönen Augen an.

»Ja! Ja, ja, ja! Natürlich möchte ich deine Frau werden!«, er sprang auf und hob mich auf seine Arme, gab mir einen wilden, leidenschaftlichen Kuss, als es mehrfach laut knallte und die Menge vor Freude und Begeisterung kreischte. Ein Feuerwerk, wie ich es noch nie zuvor gesehen hatte, stieg in die Luft. Tausende Seifenblasen flogen um uns herum. Er hob mich noch ein Stück höher und ich breitete die Arme aus, als er sich mit mir im Kreis drehte.

»Fühlt es sich wie fliegen an?«

»Ja, das tut es!«, er ließ mich wieder runter und zog mich fest an seine Brust. Unsere Gesichter waren noch immer von Tränen übersät.

»Siehst du, ich habe dir doch versprochen, dass du es irgendwann schaffst!«, die Erinnerung ließ mich ein weiteres Mal aufschluchzen und ich küsste meinen Verlobten, als gäbe es keinen Morgen.

Ein weiteres Jahr später...
Liam

»Spricht denn hier niemand Englisch? Oder Deutsch?«, nichts konnte so nervig sein, wie sich nicht richtig verständigen zu können. Ich nahm mein Portemonnaie aus der Hosentasche und zog meine Liste heraus, die ich schon seit zwei Jahren mit mir rumtrug. Vieles davon konnten wir schon abhaken, doch eine Sache, die Gerdi genau beschrieben hat, stand noch aus. Ich zeigte dem Kellner die Liste und streckte drei Finger nach oben. Die Kaffeebestellung war schon schwer, aber das hier sollte in einem Desaster enden.

»Eclair à la pomme? Oui, le seigneur!«

»Wie auch immer!«, ich nickte ihm so freundlich, wie es mir nach dieser stressigen Bestellung möglich war, zu und nahm nach wenigen Minuten das Tablett an.

»Madame, ihr koffeinfreier Kaffee und die zwei Törtchen, deren Namen ich noch immer nicht aussprechen kann!«, ich stellte das Tablett ab und reichte Milli die gut duftenden Törtchen.

»Zwei? Wie soll ich das denn schaffen?«

»Du musst doch jetzt für zwei essen!«, ich setzte mich neben sie und legte meine Hand auf ihren leicht gewölbten Bauch, gab ihr dabei einen Kuss auf die Stirn. Sie lächelte mich bezaubernd an und teilte eines der Törtchen in der Hälfte, legte mir eine davon auf meinen Teller.

»Papa will das wir dick werden!«, sie legte ihre Hand auf meine, die sich noch immer an ihrem Bauch befand. Ich konnte es kaum noch abwarten, bis sich endlich etwas regte und ich unseren kleinen *Liam James Carter Junior* spüren konnte.

»Emilia BEATE Carter, ich möchte doch nur das Beste für dich und den kleinen Mann in deinem Bauch!«, glücklich strahlten wir uns an, bevor wir beide die Törtchen probierten. Sie schmeckten einfach köstlich.

»Was sollen wir denn als nächstes machen? Nach England Tee trinken? Oder noch mal auf die Malediven?«

»Wie wäre es, wenn wir nach Hause fliegen und dem Kleinen sein Zimmer fertig einrichten?«, fragend sah sie mich an.

»Das Zimmer in Deutschland oder das in Australien?«

»Ganz egal, denn da wo du bist, bin ich zu Hause!«

Gerdis Liste

Die Welt bereisen √
Neue Kulturen kennenlernen √
Neue Menschen kennenlernen √
Schöne Kleider kaufen √
Milli jeden Tag zum Lachen bringen √
Paris besuchen √
Eclair á la pomme essen √
Milli zu meiner Frau machen √
Kinder bekommen

<u>Das Leben genießen</u> √

Danksagung

Vielen Dank an alle, die mich bei meinem Vorhaben Bücher zu schreiben unterstützen und diese auch lesen. Dank Lenchen, für dein Lektorat und deine guten Ideen, auf die ich mich Tag und Nacht verlassen kann. Ohne dich hätte ich niemals diesen Schritt gewagt! Danke Kati und Jan, für eure ganz persönliche Meinung über manch komplizierte Szene, die mir unglaublich geholfen hat.
Danke Schnatz, für deine Unterstützung und deine Liebe. Du machst mich zum glücklichsten Menschen der Welt!

Über die Autorin

Eni Lu wurde 1989 in einer kleinen Stadt geboren und wuchs in einem noch kleineren Dorf auf. Sie liebt das Lesen, das Schreiben und das Träumen. Des Weiteren geht sie gerne Campen, unternimmt viel mit ihrem Mann, ihren Freundinnen und ihrer Mutter, liebt ihre kleinen Hunde und tanzt jeden Tag auf der Hintergrundmusik ihres Lebens durch die Welt.

Leseprobe One-Way-Ticket – Solange du neben mir liegst

Prolog

„Kannst du nicht einfach hierbleiben?", Anna lag ihrer besten Freundin in den Armen und musste sich nach vielen gemeinsamen Jahren von ihr verabschieden. Sie wusste, dass dieser Tag irgendwann kommt, aber sie hätte nie geahnt, dass es Samy so weit verschlägt. Jetzt, wo Samantha achtzehn Jahre alt war, durfte sie endlich auf eigenen Beinen stehen und ihre Tante, von der sie erst seit zwei Jahren wusste, in Amerika besuchen. Sie ist in einem Kinderheim, nicht weit von Anna entfernt aufgewachsen und wusste kaum etwas über ihre Eltern. Nur, dass ihr Vater Amerikaner war und ihre Mutter eine Deutsche.

„Du weißt, dass ich es machen muss! Ich muss meine Tante einfach kennenlernen, außerdem habe ich schon immer von Amerika geträumt. *Wir* haben immer davon geträumt!"

„Und das tue ich auch heute noch, aber was soll ich machen? Ich bin erst siebzehn, meine Eltern erlauben es mir nicht und mein Studium beginnt grade erst. Und jetzt muss ich meine beste Freundin einfach gehen lassen, das ist nicht fair!", sie drückte Samy noch näher an sich und diese erwiderte die feste Umarmung. Schon seit geschlagenen dreißig Minuten verabschiedeten sie sich am Bahnhof, von dem aus Samy mit dem Zug zum Flughafen fahren sollte. Bisher waren sie nie länger als vier Tage voneinander getrennt und jetzt sollten es Monate sein.

„Du kommst mich aber in den Semesterferien besuchen, oder? Dann feiern wir zusammen meinen Geburtstag und holen deinen nach! Bis dahin habe ich bestimmt eine eigene Wohnung und ein paar Kerle an der Angel." Sie zwinkerte ihr zu und setzte ihr schönstes, verheultes Lächeln auf. Ein Lächeln, dass Anna unglaublich vermissen wird. Alles an Samy wird ihr fehlen. Ihre kurzen, abstehenden, grünen Haare, die jeden Monat eine neue knallige Farbe haben. Ihre blauen Augen, die immer ein bisschen zu stark geschminkt sind und ihre leichten Segelohren, die beim Lachen so schön wackeln. Samy war immer die Verrückte, die Mutige. Mit vierzehn Jahren hat sie sich ihr erstes Piercing stechen lassen, mit fünfzehn ihr erstes Tattoo. Sie fällt auf, auch wenn sie nur 1,56 m klein ist. Ihre Figur ist eher knabenhaft, wird aber immer in hautengen, bunten Klamotten präsentiert. Anna dagegen ist unscheinbar, man könnte schon fast von langweilig sprechen. Ihre langen, braunen Haare liegen glatt über ihren Schultern, ihre Augen sind hellbraun, die Nase ist klein und spitz und ihre Lippen sind zu schmal. Sie ist ungefähr einen halben Kopf größer als Samy, ein bisschen zu dünn, dafür hat sie vollere Brüste und einen kleinen, runden Po. Zusammen sind sie *die* perfekte Mischung. Samy ist die Spannung in Annas Leben, Anna ist die Ruhe ins Samys. Anna war schon immer ihre einzige Konstante, da das Leben im Heim ständig wechselnde Freunde und Bekannte mit sich brachte und alles andere als einfach war. Doch mit ihr an ihrer Seite war alles erträglicher. Sie durfte sogar einmal im Jahr mit Anna und ihren Eltern in den Urlaub fahren, und auch wenn sie es selber nie kennenlernen durfte, wurde ihr dadurch bewusst, was Familie bedeutet.

„Natürlich, ich bleibe auch so lange wie möglich bei dir. Wir haben dann immerhin sieben Monate nachzuholen und ich freue mich schon so sehr auf New York, ich hoffe, du kennst dich bis dahin aus und kannst mir alles zeigen, was...", noch bevor sie weitereden konnte, fuhr der Zug ein. Traurig und angespannt sahen sie sich in die tränenüberfluteten Augen.

„Ich werde dir alles zeigen und du wirst den Urlaub bei mir nie vergessen, das verspreche ich dir!"

Sie drücken sich noch einmal fest aneinander und so schwer es ihnen auch fiel, sie mussten sich das erste Mal für lange Zeit verabschiedeten.

17. April 2016

Anna konnte es noch gar nicht fassen: sie war wirklich in New York! Schon als kleines Mädchen hatte sie immer davon geträumt, einmal in der Stadt zu sein, die niemals schläft. Auf der Aussichtsplattform des Empire State Buildings zu stehen, den Times Square entlangzulaufen und im Central Park ein Eis zu essen. Und das alles mit ihrer besten Freundin an der Seite.

„Anni! ANNI! Hier hinten!", Samy stand im hinteren Teil des Wartebereichs und schrie ihr laut entgegen. Auch sie konnte ihre Freude über das Wiedersehen nicht verleugnen und kam Anna jetzt mit offenen Armen entgegengelaufen, um sie sofort in eine lange Umarmung zu ziehen.

„Da bist du ja endlich! Ich warte schon seit zwei Stunden hier und die kamen mir vor wie zehn! Du siehst toll aus, bist du müde vom Flug? Wir fahren jetzt direkt in die WG und bestellen uns eine Pizza, danach..."

„SAMY! Ganz ruhig! Du bist ja vollkommen aufgedreht!"

„Sorry, ich habe schon ein paar Tassen Kaffee intus, ich hatte gestern noch Schicht in der Bar und die wurde länger, als gedacht." Müde wie sie war, gähnte sie laut auf und streckte ihre Arme breit zur Seite aus.

„Aber Koffein wirkt bei mir ja Wunder, wie du weißt. Wie war der Flug?"

„Lang! Sehr, sehr lang! Aber ich bin so froh endlich hier zu sein, ich habe dich so vermisst!", mittlerweile waren sie Arm in Arm auf dem Weg Richtung Taxistand. Samy zog Annas Koffer hinter sich her und Anna hatte ihre Reisetasche geschultert.

„Ich dich auch, du kannst dir nicht vorstellen wie sehr! Auch wenn wir ständig telefoniert haben, dich jetzt endlich wieder bei mir zu haben tut so gut, ich wünschte, du könntest länger als drei Wochen bleiben!", sie fanden ein Taxi und verstauten Annas Gepäck im Kofferraum, setzten sich danach beide auf die Rücksitzbank und Samy nannte dem Taxifahrer ihre Adresse.

„Das wünschte ich auch, aber du kennst meine Eltern, die flippen ja schon nach zwei Tagen ohne mich aus. Wie lange fahren wir eigentlich?"

„Je nach Verkehr sind es ungefähr fünfzig Minuten, aber am späten Nachmittag ist immer viel los, daher haben wir jetzt mindestens eine Stunde Zeit für Sightseeing aus dem Taxi!", lachend ließen sich beide zurückfallen und genossen den Blick auf die Stadt. Samy konnte ihr, dank kleinen Staus, schon viel von New York zeigen und hatte für fast jedes Gebäude eine eigene Geschichte parat. In den letzten Monaten hat sie viel erlebt, ist zu ihrer Tante gezogen, die ihr alles Wichtige gezeigt und sie an das Leben in dieser wundervollen Stadt geführt hat. Sie wohnte drei Monate bei ihr, in denen sie auch Josh, ihren Freund, kennen und lieben lernte. Fast täglich hat sie Anna am Telefon vorgeschwärmt, wie süß und toll er doch ist. Als sie sich zum ersten Mal auf dem Flur des Hauses begegneten, trug sie grade die Einkäufe nach oben in den zweiten Stock. Er tauchte hinter ihr auf, nahm ihr die Tüten ab und trug sie ihr bis in die Küche. Sie war sofort hin und weg und sprach schon da von *‚Liebe auf den ersten Blick'*. Nach mehreren Dates und treffen im Treppenhaus hat es gefunkt und sie ist sofort in seiner WG eingezogen. Sie befindet sich im vierten Stockwerk und Samy ist unglaublich froh, so nah bei ihrer Tante zu wohnen und sie täglich sehen zu können.

In Jersey City angekommen, bezahlten sie den Taxifahrer und machten sich auf den Weg ins Gebäude. Es dauerte mehrere Minuten, denn mit dem schweren Gepäck und ohne Aufzug war es kein Zuckerschlecken.

„Willkommen in unserem Irrenhaus!"

Sie betraten die Wohnung und Anna fühlte sich sofort wie zu Hause. Sie stellten das Gepäck in den kleinen Flur und Samy zeigte ihr die ganze Wohnung.

„Das erste Zimmer gehört Aiden, er ist Joshs bester Freund seit dem Kindergarten und auch sein Arbeitskollege. Sie wohnen schon seit Jahren zusammen und haben die WG gegründet. Josh wird die nächsten Nächte bei ihm schlafen, damit du bei mir schlafen kannst!"

„Das ist aber nett von beiden, ich möchte aber niemandem zur Last fallen."

„Für die beiden ist das okay, Josh hat es sogar selber vorgeschlagen. Er ist auch schon total gespannt auf dich."

„Ich freue mich auch schon riesig ihn kennenzulernen, immerhin habe ich schon so viel von ihm gehört. Wo ist er eigentlich?"

„Noch auf der Arbeit, die beiden haben heute Spätschicht und sind erst in ungefähr fünf Stunden wieder zu Hause." Sie gingen weiter zur nächsten Tür und Samy öffnete sie.

„Das hier ist unser Badezimmer, nicht sehr groß, aber dafür mit Badewanne und Fenster! Ich habe hier etwas Platz für dich gemacht, du kannst dich aber auch wie früher einfach an meinen Sachen bedienen!", neckend stieß sie Anna mit dem Ellenbogen in die Seite und beide mussten lachen.

„Das nächste Zimmer ist Josh und mein Schlafzimmer, für die nächsten Wochen also auch dein Reich." Sie betraten den nächsten Raum und Anna war sichtlich überrascht. Das Zimmer war geräumig, ein großer Spiegelschrank stand direkt hinter der Tür und das Bett war einladend groß und gemütlich. Auf einer kleinen Kommode standen Fotos von Anna und Samy, Josh, seiner Familie und ein paar wirklich verrückte Kussbilder von Josh und Samy. Durch ein großes Fenster konnte man auf das Nachbargebäude schauen.

„Aidens Blick aus dem Fenster ist etwas schöner als unserer, dafür ist sein Zimmer nicht so groß. Ich würde es dir gerne zeigen, aber selbst ich darf es nur im seltensten Fall betreten. Komm, ich zeig dir unseren

Gemeinschaftsraum!" Sie gingen in das Zimmer schräg gegenüber und Anna musste hart schlucken. Der Raum war doppelt so groß wie Samys Schlafzimmer und mit wunderschönen Möbeln ausgestattet. Einer großen Sofalandschaft, einer Bar, mehreren Schränken und einem riesigen Fernseher.

„Habt ihr im Lotto gewonnen?"

„Nein, Joshs Eltern gehört das ganze Gebäude und die Wohnung war schon ausgestattet. Daher bezahlen wir auch nicht den vollen Mietpreis. Sonst könnte sich wohl keiner von uns eine solche Wohnung leisten. Aber wenn dich das schon begeistert hat, dann guck dir erst mal unsere Küche an!", Samy zog Anna aus dem Raum und öffnete die Tür daneben. Eine große, glänzende rote Küche trat zum Vorschein, daneben ein hoher Tisch mit vier Hockern.

„Wow, hier lässt es sich wirklich aushalten."

„Ja, ich koche mittlerweile sogar richtig gerne, aber hier an dem Tisch trinken wir morgens nur unseren Kaffee, gegessen wird immer im Wohnzimmer. Wir sind da sehr bequemlich."

„Ich denke, daran kann ich mich gewöhnen und ich freue mich schon riesig darauf, hier in den nächsten Wochen zusammen mit dir zu kochen! Aber nicht so wie damals. Weißt du noch, als meine Eltern die Feuerwehr rufen wollten, weil unser Nudelauflauf drei Stunden im Backofen war?"

„Ja, obwohl ich mir so sicher war, dass wir den Timer auf 30 Minuten statt auf 30

Stunden eingestellt hatten!", lachend fielen sie sich in die Arme.

„Ich habe dich wirklich vermisst!"
„Ja, ich dich auch!"

Nachdem sie den Koffer ausgepackt und alle Klamotten gut verstaut hatten, bestellten sie sich eine Pizza und quatschten über Gott und die Welt. Anna erzählte von den ersten Wochen ihres Anglistikstudiums, von ihrer kurzen Liebe mit Lukas, die ganze drei Wochen gehalten hat und von dem Kurztrip mit ihren Eltern. Auch, dass Frau Sittlich aus dem Kinderheim in Rente gegangen ist, sie war für Samy immer eine ganz besondere Bezugsperson. Die Zeit verging wie im Flug, und nachdem sie sich in ihren Pyjamas ins Bett gelegt hatten, schliefen sie schnell ein.

„Samy, wach auf! Samy! Samantha!! Wach auf!"
„Was ist denn los?", gähnend fuhr sie sich durch die mittlerweile leuchtend pinken Haare.
„Ich habe irgendwas gehört!", es polterte schon wieder, als hätte jemand etwas runtergeschmissen.
„Okay, lass uns nachgucken gehen. Ich glaube aber, es sind die Jungs! Wie viel Uhr haben wir eigentlich?" „Fast Mitternacht." Sie standen auf und stellten sich vor die Gemeinschaftstür, durch die jetzt ein Grölen zu hören war.
„Anna, mach dich bereit. Du lernst jetzt die größten Idioten der Welt kennen!", schon riss

sie die Tür auf, alle schreckten zusammen und drei Männer schauten sie entgeistert an, einer jedoch beachtete sie gar nicht.

„Jetzt ist Anna die erste Nacht hier und ihr lasst sie nicht mal schlafen! So habe ich euch nicht erzogen, Jungs." Alle drei fingen an zu lachen und entschuldigten sich. Ein großer, blonder Mann mit Piercing an der Augenbraue und schönen, blauen Augen stand auf und kam auf uns zu.

„Hallo Anna, schön dich endlich persönlich kennenzulernen. Ich bin Josh und ich denke, du hast schon genauso viel von mir gehört, wie ich von dir!"

Er zog sie in eine Umarmung und er war ihr sofort sympathisch.

„Das da sind Jacob und Nathan, zwei Arbeitskollegen" die beiden Männer auf dem Sofa erhoben sich kurz und gaben Anna die Hand „und das da ist Aiden, mein bester Freund, Arbeitskollege und unser Mitbewohner!" Anna machte auch einen Schritt auf ihn zu, doch er schaute sie noch immer nicht an, sein Blick war starr auf den Fernseher gerichtet. Nach nur wenigen Sekunden war ihr die Situation so unangenehm, dass sie sich rumdrehte und zurück zu Samy ging, die noch mit Josh an der Tür stand. Eine ungemütliche Stille machte sich breit und Samy ergriff das Wort.

„Wir gehen dann mal wieder ins Bett, viel Spaß noch, und seit bitte etwas leiser!", noch bevor Samy sie wegziehen konnte, spürte Anna *seine* Blicke auf sich. Ein komisches Gefühl aus kribbeln, Hitze und Gänsehaut durchzog ihren Körper, dass sie vorher so noch nie gespürt hat. Sie drehte sich um und begegnete seinem Blick. Mit etwas schief gelegtem Kopf sah er sie an. Seine Augen waren dunkelbraun, wirkten aber tiefschwarz, die Nase gerade und spitz, die Lippen voll und geschwungen. Er trug einen Dreitagebart und seine hellbraunen Haare waren wild durcheinander, als wäre er grade erst aufgestanden. Die Schatten unter seinen Augen waren dunkel, er sah unglaublich müde aus. Als er merkte, dass sie den Blick erwiderte, legte sich seine Stirn in Falten, die dunklen, vollen Augenbraun kniff er regelrecht zusammen und er schaute blitzschnell wieder weg. Samy, die von dem Blickaustausch nichts mitbekam, nahm ihre Hand und zog sie zurück ins Schlafzimmer. Sie legten sich ins Bett und kuschelten sich in die Decken.

„Mach dir bitte keinen Kopf, Aiden hat es nicht so mit fremden Menschen."

„Das sah aber eher so aus, als könnte er mich nicht leiden. Bist du dir sicher, dass ich ihm keine Umstände bereite?"

„Ja, ganz sicher. Er hat wirklich nichts dagegen, mach dir keine Gedanken und beachte ihn einfach nicht. Bei mir hat es zwei Monate gedauert, bis er mich mal angesehen, geschweige denn mit mir geredet hat. Ich weiß nicht, warum er so ist, aber Josh hat mir mal gesagt, dass er viel Schlimmes erlebt hat. Er lässt auch keinerlei Nähe zu und erst recht keine Berührungen, er lacht nie. Am Anfang hat er sogar den Raum verlassen, wenn ich reingekommen bin, mittlerweile können wir zusammen auf dem Sofa sitzen, natürlich mit genug Abstand. Also nimm es bitte nicht persönlich, falls er den Raum verlässt, den du grade betrittst." Sie nickte ihr nur zu und Samy schloss ihre Augen. Anna lag noch lange wach und dachte über seinen Blick nach, bis die Müdigkeit siegte …